E-Z DICKENS SUPERBOHATER KSIĘGA TRZECIA:
CZERWONY POKÓJ

Cathy McGough

Stratford Living Publishing

CO MÓWIĄ CZYTELNICY...

PIĘĆ GWIAZDEK - RECENZENT AMAZON

"To była taka zabawna historia, w której tak wiele się działo. Uwielbiałam charakter bohaterów, zwłaszcza EZ. To było naprawdę fajne, kim była jego rodzina i po prostu uwielbiałam biały pokój. Właściwie to myślę, że potrzebuję własnego białego pokoju i nowej mocy, którą EZ otrzymał pod koniec książki - nie chcę niczego zdradzać, ale to znaczy, jak fajnie. Jako gracz bardzo doceniłem fabułę. Poza grą uważałem również, że łapacze dusz są bardzo oryginalnym i zgrabnym pomysłem. To zakończenie!!! Oh. Mój. Muszę przeczytać następną część, żeby zobaczyć, jak się sprawy potoczą."

Spis treści

Dla tych, którzy wierzą...

"Bohater to zwykła osoba, która znajduje siłę, by wytrwać i przetrwać pomimo przytłaczających przeszkód".

Christopher Reeve

PROLOG

Minęły dwa lata i nadszedł pierwszy grudnia, piętnaste urodziny E-Z. Mimo że na dworze panował mróz, a dookoła walały się płatki śniegu, on i jego rodzina oraz przyjaciele byli nieugięci, by zorganizować przyjęcie na zewnątrz, gdzie rozpalili ognisko, by się ogrzać, oraz grilla.

Teraz, gdy Samantha i Sam pobrali się, dom Dickensów był jeszcze bardziej zajęty. Nigdy nie było nudno, gdy odwiedzali ich przyjaciele.

Ślub Sama i Samanthy był małą ceremonią, która odbyła się w Urzędzie Stanu Cywilnego. Lia była druhną, E-Z drużbą, a Alfred łabędź trębacz dzwonkiem.

Lia naśmiewała się z Alfreda, ponieważ był ubrany w granatową muszkę i nic więcej. Alfred nie przejął się tą uwagą, ponieważ wiedział, że jest w dobrym towarzystwie, takim jak byli brytyjscy premierzy.

"Jeśli wielki Winston Churchill uważał, że muszka jest wystarczająco dobra dla niego, to jest wystarczająco dobra dla mnie!" powiedział Alfred.

"Palił też wielkie, grube cygaro!" powiedział E-Z. "Mam nadzieję, że ty też nie zamierzasz zacząć palić jednego z nich.

Lia parsknęła śmiechem.

"Steki są gotowe! zawołał Sam. "Jeśli lubisz rzadkie, chodź po nie teraz.

Tylko Samanta podeszła z gotowym talerzem. "Twój syn ma dziś ochotę na rare - powiedziała, klepiąc się po brzuchu.

"Czego mój syn chce, to dostaje - powiedział Sam, podnosząc stek na talerz żony. Szturchnęła środek, a jej mąż dodał do niego pieczonego ziemniaka i kilka nitek szparagów.

Samantha przegryzła szparagi, podchodząc do stołu piknikowego. Zaplanowała urodziny E-Z w najdrobniejszych szczegółach i spędziła dużo czasu na dekorowaniu stołu przedmiotami o tematyce urodzinowej. Usiadła i przekroiła pieczonego ziemniaka na pół, a następnie dodała kwaśną śmietanę, szczypiorek, masło i kilka szczypt soli.

E-Z, Lia, Alfred, PJ i Arden pozostali na swoich miejscach, ponieważ w pobliżu paleniska było cieplej. Wujek Sam nie lubił ludzi kręcących się w pobliżu, gdy obsługiwał grilla, więc trzymali się od niego z daleka. Poza tym wszyscy lubili dobrze przyrządzone stosy, a to dawało im również okazję do pogawędki i nadrobienia zaległości.

"Co sądzisz o naszej stronie internetowej dla superbohaterów?" zapytał E-Z.

PJ i Arden spojrzeli na siebie, po czym wzruszyli ramionami.

"Dajcie spokój - powiedział E-Z. "Co naprawdę o niej myślicie? Wiem, że zajrzeliście na stronę, bo wujek Sam pomógł mi przejrzeć dane. Nie miałem pojęcia, że możemy znaleźć tak wiele informacji, takich jak to, kto odwiedza naszą stronę, jak długo na niej przebywa, na co patrzy. I rozpoznałem wasze adresy IP. Powiedz mi, co o tym myślisz?".

"Cała prawda? Bez żadnych zahamowań?" zapytał PJ.

"Brutalna prawda?" dodał Arden.

"Tak - uściślił E-Z. Zniżył głos do szeptu. "Wujek Sam wykonał świetną robotę. Wciąż jednak nie kierujemy reklamy do właściwych odbiorców, ponieważ prawie nie otrzymujemy żadnego ruchu. Poza wami dwoma i adresem IP znajdującym się we Francji nie mieliśmy prawie żadnych trafień.

"Kilka osób, takich jak ty, wróciło i sprawdziło stronę kilka razy, ale nie zostali na długo. Wujek Sam zasugerował, że może powinniśmy założyć newsletter, zachęcić ludzi do zapisania się i wysyłać im aktualizacje, ale nie wiem. W dzisiejszych czasach wszyscy robią newslettery i wydaje się, że to dużo pracy. Wujek Sam pokazał mi, że zapisał się do około pięćdziesięciu z nich!

"Jeśli chodzi o prośby o pomoc - co jest głównym powodem, dla którego założyliśmy stronę internetową - do tej pory proszono nas tylko o rzeczy, którymi zajmują się lokalni urzędnicy, tacy jak policja i straż pożarna. Nie podoba mi się pomysł, że spieszymy się, by uratować kota na drzewie, a straż pożarna pojawia się w pełnym ekwipunku, by wykonać tę samą pracę. To nieefektywne zarówno dla nich, jak i dla nas. I jest to żenujące, gdy pojawiają się w momencie, gdy kończymy pracę. Ich czas jest cenny - każdego dnia ratują ludzkie życie. To brak szacunku, jeśli wiesz, co mam na myśli? Ratują życie i są pod telefonem przez całą dobę".

"Myślę, że potrzebujemy próśb, aby być poza ich sferą, więc nie marnujemy ich czasu ani nie utrudniamy im pracy. Przepraszam za tak długą wypowiedź, ale kiedy pomyślę o wszystkim, co zrobili po wypadku z moimi rodzicami...".

PJ i Arden zbliżyli się do siebie i szeptali. Nie chcieli zranić uczuć Sama - w końcu nie byli ekspertami - ani ryzykować, że może ich podsłuchać i spalić ich steki na chrupko.

"Całkowicie rozumiemy o co ci chodzi - powiedział PJ. "Poza tym policja i straż pożarna to podstawowe służby, którym płaci się za ratowanie ludzi. Podczas gdy wy jesteście wolontariuszami".

"Ich strona internetowa i obecność w mediach społecznościowych jest inna niż wasza - powiedział

Arden. "I mają wielu pracowników, na wielu poziomach, aby utrzymać i aktualizować wszystko".

"Podczas gdy twoja strona potrzebuje czegoś bardziej superbohaterskiego - jeśli to w ogóle jest takie słowo - i mniej korporacyjnego. Jak legendy, ci, w których ślady podążasz. Spójrz na niektóre strony internetowe stworzone dla nich - a są to postacie fikcyjne. Wyobraź sobie, co moglibyśmy zrobić, gdybyśmy poszli w ich ślady" - powiedział Arden.

"Na przykład co? Wiem, że macie jakieś pomysły, więc podzielcie się nimi" - powiedział E-Z.

"Cóż, jak być może się domyśliłeś, zrobiliśmy burzę mózgów między nami dwoma. Stworzyliśmy też stronę internetową - nie jest ona na żywo i nie będzie, dopóki jej nie zatwierdzisz - jak mogłaby wyglądać twoja strona. Jest na moim telefonie. Zobacz, co mamy na myśli i zastanów się nad możliwościami, ponieważ zrobiliśmy to dość szybko". PJ nacisnął start. Cała trójka pochyliła się.

Na ekranie najpierw pojawiły się słowa: "Witajcie na stronie superbohaterów The Three". Następnie pojawiło się animowane zbliżenie na E-Z. Siedział na wózku inwalidzkim, jak można się było spodziewać, ubrany w czarną koszulkę, niebieskie dżinsy i parę butów do biegania.

E-Z pogłaskał się po włosach, gdy zobaczył, jak czarna smuga na środku jego blond włosów wygląda jak szczotka do butów. Nigdy nie mógł się do tego przyzwyczaić.

"Co to jest na mojej koszulce, dżinsach i butach? Czy to logo? I jak zrobiłeś ze mnie kreskówkę?"

"Tak, to jest logo. Uznaliśmy, że skrzydło anioła jest fajne i odpowiednie" - powiedział Arden.

"Użyliśmy aplikacji, aby zrobić z ciebie kreskówkę" - powiedział PJ. "Zrobiliśmy trochę edycji na twoich ramionach. Mam nadzieję, że nie przesadziliśmy".

E-Z's przyjrzał się bliżej, jak animowana wersja jego samego skrzyżowała ramiona. Teraz jego bardziej masywne przedramiona przykuły jego uwagę, a policzki zarumieniły się. Wyglądał jak pajac, pozer. Czy jego przyjaciele naprawdę myśleli, że tak wygląda lepiej? Skrzywił się, gdy na ekranie pojawił się E-Z na skrzydłach. Zawisł w powietrzu i wskazał.

To było pierwsze przedstawienie Lii. Ona również pojawiła się w animowanej formie. Lia była ubrana od stóp do głów w fioletowy kombinezon z tutu. Jej blond włosy były spięte w kucyk, a na oczach miała fioletowe okulary przeciwsłoneczne. Gdy przechodziła przez ekran, wyglądała energicznie, przyjaźnie i uroczo. Odwróciła się i zatrzymała, jak modelka na wybiegu i przybrała pozę.

E-Z zakpił; nie mógł się powstrzymać.

"Przynajmniej nie wyglądam jak pozer ze sztucznymi mięśniami - powiedziała.

E-Z nie skomentował.

Animowana Lia wyciągnęła ręce do przodu, dłońmi do ziemi. Następnie, voila, odwróciła je. Lewe oko w jej dłoni otworzyło się, a zaraz po nim prawe. Synchronicznie zamrugały. Lia utrzymała pozę, po czym zagwizdała przez palce.

"Chciałabym naprawdę tak umieć!" - powiedziała, próbując naśladować animowaną wersję samej siebie.

E-Z zagwizdała.

"Popisuj się - powiedziała, szturchając go łokciem.

Teraz na ekranie pojawiła się Mała Dorrit. Była elegancka, kobieca i biała jak śnieg. Jednorożec podleciał do Lii, wylądował i opuścił głowę, by dziewczynka mogła go pogłaskać. Lia wskoczyła na niego, a Mała Dorrit przeleciała obok E-Z. Zawisły w powietrzu, po czym odwróciły głowy.

To był znak od Alfreda. W kreskówkowej formie jego jasnopomarańczowy dziób zdawał się lśnić w świetle. Kontrastowało to bezpośrednio z jego czerwoną muszką. Gdy podszedł do Lii i E-Z, jego błoniaste stopy zaskrzypiały jak przyssawki.

"Moje stopy nie wydają takiego dźwięku!" powiedział Alfred.

"Uh, one też" - powiedział E-Z z uśmiechem, gdy Alfred na ekranie rozpostarł skrzydła i poleciał w stronę swoich dwóch towarzyszy.

Cała trójka ustawiła się w pozie. E-Z stał pośrodku, Lia po lewej, Alfred po prawej. Wtedy to się stało. Trójka - cóż, Lia i E-Z podnieśli kciuki do góry. Alfred ze swojej strony wykonał gest uniesienia skrzydeł.

"To żenujące - szepnął E-Z do Alfreda.

"Nie żartuj!"

"Cicho - powiedziała Lia, gdy na ekranie włączył się lektor. Był to głos Ardena, ale jego ton był niższy. Brzmiał jak prowadzący teleturniej.

"Jeśli potrzebujesz superbohatera... E-Z, Lia i Alfred - znani również jako Trójka - są do twoich usług dwadzieścia cztery godziny na dobę, siedem dni w tygodniu. Zadzwoń pod numer ***-***-**** lub wyślij wiadomość za pośrednictwem mediów społecznościowych.

Kiedy potrzebujesz pomocy... zadzwoń do Trójki. Będą tam dla Ciebie... natychmiast. Możesz na nich liczyć... ponieważ są najlepsi, jakich spotkasz. Dwadzieścia cztery godziny na dobę, siedem dni w tygodniu... satysfakcja gwarantowana".

"A teraz wielkie zakończenie - powiedział Arden.

Cała trójka złożyła ręce na piersiach. Alfred złożył skrzydła.

"To niemożliwe - powiedział Alfred.

"Cicho - powiedziała Lia.

Każdy z podbródkami wysuniętymi do przodu, jeden po drugim, cała trójka przybrała pozę.

PJ nacisnął pauzę.

"Biorąc pod uwagę to, co powiedziałeś o jurysdykcjach, być może będziemy musieli zmienić ten fragment - powiedział. Nacisnął start.

"Żadne zadanie nie jest dla nas za duże ani za małe!". Powiedziała komputerowa wersja głosu E-Z.

Następnie okrąg na środku ekranu kręcił się w kółko, jak wi-fi próbujące znaleźć sygnał. Teraz na ekranie pojawiło się słowo BAM! Potem słowo SOCKO!

Patrzyli, jak E-Z ratuje kota, który utknął wysoko na drzewie.

"O bracie", powiedział.

Głos jego animowanej postaci kontynuował.

"Jesteśmy Trójką

Jesteśmy tu dla ciebie!

Kot utknął na drzewie...

Zdejmiemy go dla ciebie!".

E-Z został pokazany, jak przekazuje uratowanego kota rodzinie.

"Uh, to się nigdy nie wydarzyło", powiedział.

"Wzięliśmy trochę licencji poetyckiej" - przyznał Arden.

"Możemy naprawić wszystko, co ci się nie podoba - powiedział PJ.

Teraz okrąg znów pojawił się na ekranie, kręcąc się w kółko. Kiedy się zatrzymał, na ekranie pojawiło się słowo BANG! A po nim słowo ZIP!

Na ekranie animowany E-Z uratował samolot pełen pasażerów. Gdy wylądował, setki oczekujących na pasie startowym obserwatorów biło brawo.

"Teraz to mi się bardziej podoba", powiedział.

"Ciii," powiedziała Lia.

Na ekranie E-Z powiedział,

"Ponieważ jesteśmy twoimi przyjaciółmi!

Nasze usługi są bezpłatne.

24/7
Bo jesteśmy Trójką!"

Ponownie zatocz koło, kręcąc się w kółko. Po czym następuje BINGO! I BAM!

Teraz ratowanie kolejki górskiej zostało odtworzone w formie animowanej. To było bardzo dobre. Tak dokładne, że mogli poczuć zapach waty cukrowej i karmelowej kukurydzy.

"Oh!" powiedział E-Z.

Lia zaklaskała.

Alfred potrząsał szyją na boki, jakby niedawno został spryskany bardzo zimną wodą.

"Uwielbiam to!" powiedziała Lia. "I dzięki, że uwzgędniłeś mój ulubiony kolor. Skąd wiedziałeś?

"Zauważyłem, że często go nosisz - powiedział PJ. Jego policzki zarumieniły się. "Cieszę się, że ci się podoba".

"Co o tym myślisz, E-Z?" zapytał Arden.

Alfred spojrzał w kierunku E-Z.

"To był uh", powiedział E-Z, "uh... dobry wysiłek".

"Kolacja gotowa, chodźcie po nią! zawołał Sam.

"Pozwól solenizantowi pójść pierwszemu - powiedziała Samantha.

E-Z przeszedł przez podwórko z Alfredem.

"Mówisz o doskonałym wyczuciu czasu," powiedział.

"Tak, ta dwójka to nadal głupki" - odpowiedział Alfred.

"Ale ich serca są we właściwym miejscu. To sprytny pomysł, tylko dla nas trochę przesadzony.

"Trochę?" krzyknął Alfred.

"No dobra, trochę, ale dali radę. Możemy zatrzymać to, co nam się podoba i pozbyć się reszty.

Kiedy wszyscy dostali swoje jedzenie, usiedli przy stole piknikowym i jedli. Niebo zmieniło się i jasne gwiazdy wypełniły niebo wokół nich. Zjedli do syta, a potem Samanta przyniosła tort urodzinowy, który upiekła i wszyscy zaśpiewali "Sto lat!".

"Mowa! Mowa!" powiedział Arden i wkrótce wszyscy się przyłączyli.

E-Z zastanawiała się przez kilka sekund.

"Dziękuję, że moje piętnaste urodziny były wyjątkowe. Chciałbym poświęcić chwilę, by wspomnieć moją mamę i tatę, a także podzielić się z wami urodzinowym wspomnieniem. Jeśli nie masz nic przeciwko? Obiecuję, że nie będę się rozczulać".

Wszyscy przytaknęli.

Samantha, która odkąd zaszła w ciążę, zawsze była płaczliwa. Niezależnie od tego, czy były to łzy szczęścia, czy smutku, otarła jedną, zanim jeszcze zaczął. "Nic mi nie jest - powiedziała, gdy Sam objął ją ramieniem.

"To było w moje piąte urodziny. Nie chciałam przyjęcia i zamiast tego poprosiłam o obejrzenie filmu. Zamiast zaglądać do gazety, by dowiedzieć się, co jest grane, postanowiliśmy po prostu wstać i zdecydować, co chcemy zobaczyć na miejscu. W każdym razie powiedzieli, że mogę wybrać, ponieważ byłem solenizantem".

Zamknął na chwilę oczy.

Znów był w teatrze. Była tam mama, ubrana w kurtkę. Miała na uszach nauszniki i pocierała dłonie w sposób, w jaki zawsze to robiła. Mama zawsze nosiła rękawiczki i narzekała, że marzną jej palce.

Tata miał na sobie niebieski płaszcz do kolan i dżinsy. Nie lubił nosić czapki w mieście, bo plątała mu włosy. Ręce miał bez rękawiczek. Włożył je do kieszeni płaszcza razem z kluczami.

E-Z powąchał powietrze. Czuł zapach maślanego popcornu w kinie, czekając, aż wejdą i go zamówią.

Patrzyli na plakaty.

"Co powiesz na ten?" - powiedziała jego mama.

"Nie, E-Z woli ten?" powiedział jego tata.

Ponownie otworzył oczy.

Zamiast być na podwórku z rodziną i przyjaciółmi, był z powrotem w silosie - znowu. Nie był tam, odkąd archaniołowie nie dotrzymali umowy.

"Wszystkiego najlepszego z okazji urodzin!" krzyknął głos w ścianie.

W ścianie obok niego otworzył się panel i wyskoczyła z niego babeczka. Na wierzchu widniał napis: "Wszystkiego najlepszego, E-Z". W środku znajdowała się już zapalona świeczka.

"Smacznego!" powiedział głos, upuszczając nóż i widelec na stół obok niego.

"Dziękuję - odpowiedział. "Dlaczego tu jestem?"

"Czas oczekiwania wynosi cztery minuty" - powiedział irytujący głos. "Proszę, pozostań na miejscu".

Jakby miał jakikolwiek wybór w tej sprawie.

ROZDZIAŁ PIERWSZY

PRZERWANE URODZINY

E-Z NIE DOTKNął BABECZKI siedzącej przed nim, chociaż wyglądała i pachniała dobrze. Zastanawiał się, co się dzieje na jego przyjęciu. Przynajmniej wiedział, że nie mogą pokroić tortu, dopóki nie zdmuchnie świeczek i nie wypowie życzenia. Jakieś przyjęcie urodzinowe w domu, na którym nawet go nie było!

"Zabierzcie mnie stąd!" krzyknął. "Przegapiłem własne piętnaste urodziny, a byłem w trakcie opowiadania historii".

Dach silosu otworzył się i Eriel poszybowała w jego stronę niczym błyskawica podczas burzy.

"Dobrze cię znów widzieć, była protegowana - powiedział.

"Uczucie nie jest odwzajemnione. Dlaczego tu jestem? Myślałem, że już z wami skończyłem i są moje urodziny - muszę do tego wrócić.

"Tak, przepraszam za ten moment - ale nie mogliśmy pozwolić, aby twoje urodziny minęły bez przynajmniej życzenia ci wszystkiego dobrego.

"Dziękuję, tak myślę.

"A skoro już tu jesteś, to może poczęstujesz się urodzinową babeczką? I nie zapomnij złożyć życzenia - przyda ci się każda pomoc, jaką możesz otrzymać!" archanioł powiedział ze śmiechem.

Obok E-Z otworzyło się okno, z którego wysunęło się mechaniczne ramię niosące zapaloną zapałkę. Podpaliła knot, po czym cofnęła się w głąb ściany tak szybko, że zapałka sama zgasła. E-Z spojrzał na migoczącą świecę. Zastanawiał się, co oznacza ten ostatni komentarz, ale doszedł do wniosku, że Eriel go nabiera. Jego mózg stał się pusty. Nie mógł wymyślić ani jednej rzeczy, której mógłby sobie życzyć. Poza tym był z powrotem w domu z przyjaciółmi i rodziną, świętując swoje urodziny. Gdy zdmuchnął świeczkę, Eriel zaczęła śpiewać. Było to porywające wykonanie: "Bo jest wesołym facetem, któremu nikt nie może z aprzeczyć".

"Bez urazy - powiedział E-Z - ale powinieneś śpiewać Happy Birthday.

"Liczy się myśl" - powiedziała Eriel. "Teraz, gdy zakończyliśmy urodzinową część twojej wizyty, chcielibyśmy wiedzieć, czy rozwiązałeś już zagadkę?

"Zagadkę? Jaką zagadkę?"

"Tak, zasugerowaliśmy, abyś spróbował nawiązać kontakty - w twoich przeszłych próbach. Pamiętasz, jak mówiliśmy, że nie chcemy cię karmić łyżeczką? Udało ci się?"

"Nie wydawało mi się to priorytetem ani zagadką do rozwiązania, zwłaszcza że wycofaliście się ze swojej oferty. Ale tak, pisałem w moim notatniku, zapisując rzeczy, które osiągnęliśmy do tej pory i zauważyłem kilka powiązań z grami, ale były one czysto przypadkowe.

"Przypadkowe! Zdecydowanie nie. Incydenty są ze sobą powiązane - każdy może to zobaczyć!" powiedział Eriel, utrzymując niski głos, aby nie stracić panowania n ad sobą.

"Wybacz, ale zbiegi okoliczności zdarzają się cały czas. Wiesz ile dzieci gra w gry komputerowe? Szukałem w Internecie. W 2011 roku dziewięćdziesiąt jeden procent dzieci w wieku od dwóch do siedemnastu lat grało każdego dnia. To około sześćdziesięciu czterech milionów dzieci na całym ś wiecie".

"Ach, więc udało ci się to ustalić. To dobrze. Czy dowiedziałeś się czegoś jeszcze na ten temat? A może masz jakieś obawy? Jakikolwiek powód, dla którego powinieneś przeprowadzić więcej badań - badania są dobre. Inicjatywa jest bardzo, bardzo dobra".

"Nie. Jestem dość zajęty innymi rzeczami - szkołą i tak dalej. Poza tym, jeśli chcesz, żebym dalej się tym zajmował - najpierw musisz mnie przekonać, że to coś więcej niż zbieg okoliczności. Sprawdziłem jeszcze kilka statystyk. Na przykład, jest więcej dziewczyn-graczy niż kiedykolwiek wcześniej. Wiele z nich stworzyło firmy na YouTube i zarabia na życie. Oczywiście nie są to dzieci, ale ze statystyk, które czytałem w sieci, w 2019 roku czterdzieści sześć procent graczy to dziewczyny".

Eriel postukał się długim i kościstym palcem w podbródek, jakby zastanawiał się nad tym, co powiedział mu E-Z. "Znowu jestem pod wrażeniem. Nie martwią cię te statystyki?"

"Nie, nie uważam. Wziął głęboki wdech, tracąc cierpliwość do przegapienia swoich urodzin. "Czy to ważne, żebyśmy zrobili to dzisiaj? Nie możesz przyprowadzić mnie tu innym razem? Nic, o czym mówimy, nie brzmi krytycznie.

Eriel przestał stukać, a jego prawa brew uniosła się do góry. Spojrzał na solenizanta.

"A może jest?" zapytał E-Z.

Eriel czekał, zanim odpowiedział. Owinął język wokół słów, jakby miał trudności z ich wypowiedzeniem. Podniósł ton głosu do sopranu i powiedział: "An-y-thin-g el-se a-bou-t tho-se t-wo t-ci-de-nts? An-y-thin-g to ca-use a-l-a-rm? Żeby rozpalić w tobie gień?".

E-Z chciał, żeby Eriel to przeliterował i przeszedł do sedna. Nie chciał się zawstydzić, stwierdzając oczywistość lub myląc się.

"Raphael miał rację, jesteś trochę gruby.

"Hej! krzyknął E-Z. "Jeśli potrzebujesz mojej pomocy, to robisz to w bardzo dziwny sposób. Przejechał palcem po lukrze na babeczce i possał go. Smakowała dobrze, jak wata cukrowa. "Zabijanie. Jeden próbował mnie zabić, a drugi zabijał ludzi w sklepie. Obaj powiedzieli, że ich motywy były związane z grą".

"Strzał w dziesiątkę - powiedziała Eriel.

"I?"

"Nieważne!" Eriel zniknęła pod sufitem, śpiewając: "Gruby jak cegła, gruby jak cegła, gruby jak cegła".

E-Z uniósł pięści w powietrze. "Wróć tu i powiedz mi to w twarz!

Rozległ się śmiech Eriel, odbijając się od ścian.

PFFT.

"Dziękuję - powiedział E-Z, po czym wrócił do domu, na swoją imprezę. Wszyscy byli zajęci, grali w gry, robili swoje - jakby w ogóle go tam nie było, a przecież nie b yło.

Przyglądał się, jak Sam gra w piłkę drabinkową. Nie był w tym szczególnie dobry, ale E-Z i tak podszedł i obserwował jego drugą próbę. Po tym, jak skończył rzut, całkowicie chybiając celu, podszedł do swojego s iostrzeńca.

"Widzę, że wciąż pracujesz nad opanowaniem tej gry - powiedział E-Z.

"Tak, to nabyty talent. Gdzie się podziewałeś?

"Eriel chciała między innymi złożyć mi życzenia urodzinowe.

"To było miłe z jego strony. Prawda?"

"Cóż, znasz Eriela. Nigdy nie robi niczego bez motywu. W tym przypadku chciał, abym nawiązał połączenie oparte na wspomnieniu.

"Wspomnienie czego? Twoich rodziców? Wypadku?":

"Nie, chciał, żebym powiązał dwóch podżegaczy procesowych. Co zresztą zrobiłem. Potem wyszedł, mówiąc, że jestem gruby jak cegła".

"Jakie to niegrzeczne!" wykrzyknęła Lia. Przysłuchiwała się rozmowie, ponieważ nudziła ją gra w rzucanie piłką.

"I to jeszcze w twoje urodziny - powiedział Alfred. Był jeszcze bardziej beznadziejny niż Sam, ponieważ musiał rzucać piłkami za pomocą dzioba.

"Chcesz spróbować?" zapytał PJ, podając piłkę E-Z, który przestawił swoje krzesło przed cel, a następnie podrzucił piłkę. Uderzyła w górny szczebel, obróciła się kilka razy i wylądowała w pozycji premium.

"Tak to się robi!" powiedział Sam.

"PJ i ja rzucaliśmy w ten sposób przez cały mecz" - powiedział Arden.

"Ach, ale nie jesteś moim siostrzeńcem", odpowiedział Sam.

Impreza trwała tak długo, aż zrobiło się zbyt ciemno, by grać w kolejne gry i wszyscy zdecydowali się nie śpiewać razem. PJ i Arden udali się do domu, podczas gdy E-Z i reszta gangu poszli spać.

ROZDZIAŁ DRUGI

KŁOPOTY

Dwa dni po przyjęciu urodzinowym E-Z, PJ i Arden znaleźli się w nie lada kłopocie.

To była Lia, która miała wizję, że coś jest nie tak. Przypomniała sobie wizję Alfreda i E-Z: "To było tak, jakby byli w transie. Oboje siedzieli przy swoich biurkach i wpatrywali się w puste ekrany komputerów".

"Nic w tym dziwnego", powiedział E-Z. "Często grają razem w gry i może spali."

"Z otwartymi oczami?"

"Dobra, chodźmy tam - powiedział E-Z.

"Jest środek nocy!" wykrzyknął Alfred.

"Mimo to, lepiej to sprawdźmy."

Cała trójka wymknęła się z domu, postanawiając najpierw udać się do PJ'a, ponieważ był najbliżej.

"Nie sądzę, by jego rodzice docenili tak późną wizytę - powiedział Alfred.

"Zrozumieją - powiedziała Lia, dzwoniąc do drzwi wejściowych.

Chwilę później bardzo zaspany mężczyzna, przecierając oczy, otworzył drzwi w piżamie - ojciec PJ'a.

"Kto tam?" zawołała jego matka.

"To przyjaciele PJ'a" - powiedział jego ojciec. "Czy coś się stało?"

"Uh," powiedział E-Z, "Przepraszam, że wam przeszkadzam, ale naprawdę musimy zobaczyć PJ. To pilne."

"W takim razie lepiej wejdź" - powiedział tata PJ.

ROZDZIAŁ TRZECI

WCZEŚNIEJ

Wcześniej wieczorem PJ i Arden pracowali nad stroną internetową superbohaterów. Zaktualizowali informacje i dodali kilka nowych elementów.

W przeszłości, gdy przychodziła prośba o pomoc, do skrzynki odbiorczej wysyłany był e-mail. Następnym razem, gdy ktoś się logował, widział go i odpowiednio odpowiadał. Dzięki nowemu systemowi E-Z, Arden i PJ natychmiast otrzymywali wiadomości tekstowe.

Ponadto osoba prosząca o prośbę otrzyma automatyczną odpowiedź ze znacznikiem czasu. PJ i Arden byli pewni, że ta automatyczna aktualizacja zwiększy zaufanie i przyniesie większy ruch na stronie.

PJ i Arden skonfigurowali również kanał YouTube z podcastem. Było to coś nowego, na co wpadli podczas burzy mózgów. Byli podekscytowani, że mogą powiedzieć o tym E-Z. Byłby to doskonały sposób na zwiększenie obecności The Three w Internecie. Stworzyli również Community Board do otwartej dyskusji.

System kategoryzował również przychodzące wiadomości. Na przykład ratowanie kota z drzewa. The Three otrzymało wiele próśb o taką usługę. Ponieważ lokalni urzędnicy byli lepiej przygotowani do odbierania takich zgłoszeń, PJ i Arden nadali im status Code Blue.

Kod niebieski oznaczał, że zanim E-Z dotarł na miejsce, aby uratować kota, został on już uratowany. Kod niebieski oznaczał, że powinien poczekać, aby sprawdzić, czy sytuacja została rozwiązana przed wyruszeniem w drogę.

Kod żółty mógł oznaczać, że ktoś zapomniał kluczyków lub zamknął je w samochodzie. Ponownie, zanim E-Z dotarł na miejsce, sytuacja została już rozwiązana. Ponownie, radzono poczekać i sprawdzić przed wyruszeniem w drogę.

Kategoryzując Niebieskie i Żółte, E-Z i jego zespół mogli skupić się na ważniejszych wezwaniach, tj. na Kodach Czerwonych.

Kod czerwony oznaczał zagrożenie życia lub zdrowia. Od momentu uruchomienia strony internetowej, The Three otrzymało zero zgłoszeń w tej kategorii.

Zadowoleni z tego, jak wiele osiągnęli, postanowili dać upust emocjom. Dołączyli do gry wieloosobowej.

"Trzy dziewczyny", PJ napisał do Ardena.

"Możemy je zabrać!" odpowiedział.

Gra się rozpoczęła i na początku wszystko przebiegało tak, jak zawsze. Miażdżyli dziewczyny, wchodzili poziom po poziomie, zabijając wszystko w zasięgu wzroku. Nagle wszystko się zatrzymało.

ROZDZIAŁ CZWARTY

MIEJSCE P.J.

TERAZ *TRÓJKA* I RODZICE PJ'a udali się korytarzem do jego pokoju. To, co zobaczyli, było w większości takie, jak wyobrażała sobie Lia. Różnica polegała na tym, że ekran komputera wciąż był włączony. Migał i migotał, podczas gdy PJ wydawał się spać.

„Co się z nim dzieje?" zapytała matka PJ. „Powinien spać w łóżku. Spójrz na jego postawę. Prawdopodobnie jest odwodniony. Przyniosę mu szklankę wody".

Ojciec PJ'a przeszedł przez pokój i potrząsnął ramieniem syna. Spodziewał się, że syn się obudzi, ale tak się nie stało. Zamiast tego osunął się na krześle i upadłby na podłogę, gdyby ojciec go nie złapał. Zaniósł syna i położył go na łóżku.

Matka PJ'a wróciła, postawiła wodę na bocznym stoliku, a następnie przyłożyła usta do czoła syna. „Nie ma gorączki - powiedziała.

Ojciec PJ'a podniósł prawą powiekę syna i zobaczył, że widoczne są tylko białka jego oczu. „Zadzwoń pod 911", wykrzyknął.

„Nie, myślę, że powinniśmy zadzwonić do naszego lekarza rodzinnego, doktora Flannel" - powiedziała matka PJ. „Przyjeżdżał tu już wcześniej na wizyty domowe. Kiedy był to nagły wypadek - a to jest zdecydowanie nagły wypadek".

„Pani Handle - powiedział E-Z - nic mu nie będzie.

„Oczywiście, że wyzdrowieje" - odpowiedziała, gdy pan Handle wyszedł z pokoju, by zadzwonić do doktora Flannela.

Kiedy wrócił, wszyscy czekali razem w milczeniu, obserwując śpiącego PJ. Jakby spodziewali się, że wstanie i zacznie się wygłupiać. To byłoby w jego stylu. Oszukiwanie ich.

Pan Rączka był niespokojny, podskakiwał nogą, gdy siedział. Wstał, przeszedł przez pokój i schylił się, by spojrzeć na dysk twardy. Podniósł nogę, jakby chciał go kopnąć, ale w ostatniej chwili zmienił zdanie i wyciągnął kabel z gniazdka.

Patrzyli, jak pan Handle zaczął trząść się na całym ciele, aż upuścił wtyczkę. Odwrócił się i podszedł do nich. Za nim z dysku twardego wydobywał się dym. Kilka sekund później ekran monitora pękł.

„Bierz gaśnicę!" zawołał Alfred, ale E-Z już chwycił szklankę wody i rzucił ją na pudełko. Skwierczała i dołączyła do ekranu, który całkowicie zgasł.

Matka PJ podbiegła do męża i pomogła mu usiąść. „Lekarz też może na ciebie spojrzeć, kiedy przyjedzie" - powiedziała. „Masz szczęście. Nie zniosłabym, gdyby wam obojgu coś się stało".

„Nic mi nie jest - powiedział pan Handle.

Ale dla Trójki nie wyglądał dobrze. Był blady, trochę zielony i trochę szary.

„Nie przejmuj się - powiedział pan Handle. „Dzięki za szybką reakcję, E-Z". A potem do żony: „Dobrze, że przyniosłaś tę wodę".

„PJ będzie bardzo zły, gdy zobaczy, że jego komputer jest zrujnowany".

„No już, już" - powiedział pan Handle. „On zrozumie."

Wyraźnie czuł się lepiej, ponieważ Trójka zauważyła, że jego oddech wrócił do normy, podobnie jak bladość.

Ponieważ wszystko wydawało się w porządku, E-Z wspomniał o Ardenie. „Podczas oczekiwania na lekarza, naprawdę musimy sprawdzić co z Ardenem. Myślimy, że może być w podobnym stanie".

„Często grają razem w gry, ale co u licha mogło to spowodować?" zapytał pan Handle.

„Nie wiem, ale czy mogę pójść i sprawdzić co z Ardenem?

„Idź - powiedziała pani Handle.

„Lia zostanie tutaj z tobą - powiedziała E-Z. „Może nas informować, a jeśli będziesz nas potrzebować, zaraz wrócimy.

„Dziękuję, E-Z i Alfredzie - powiedział pan Handle, odprowadzając ich do drzwi wejściowych.

ROZDZIAŁ PIĄTY

MIEJSCE ARDEN

E-Z I ALFRED UDALI się do mieszkania Ardena. Zanim zdążyli zapukać, drzwi otworzył ojciec Arden, pan Lester.

"Skąd wiesz?" zapytał.

E-Z nie mógł powiedzieć mu prawdy. Zamiast tego zaimprowizował kłamstwo. "Przez całe życie przyjaźniłem się z Ardenem, więc wiem, kiedy coś jest nie tak. Mogę się z nim zobaczyć?"

"Jasne, chodź do jego pokoju" - powiedziała matka Ardena, pani Lester. "Nie przejmuj się. On tylko śpi. Rano nic mu nie będzie".

Pan Lester wziął żonę za rękę i poprowadził ją korytarzem do miejsca, w którym Arden smacznie spał.

"Alfred wykrzyknął, gdy go zobaczył. "Wygląda, jakby był w szoku.

"Spójrz pod jego powieki - powiedział pan Lester.

E-Z odciągnął powiekę przyjaciela do tyłu. Źrenica PJ'a była widoczna, ale była większa i wyglądała, jakby w każdej chwili mogła eksplodować z oczodołu. Ponownie zamknął powiekę.

Alfred Hoo-hoo'd. To właśnie usłyszeli Lesterowie. To, co powiedział, brzmiało: "Co do cholery mogło to spowodować? Strach? A może coś poważniejszego, jak atak?".

E-Z wzruszył ramionami bez odpowiedzi. Lesterowie i tak byli już wystarczająco przestraszeni i zestresowani, a poza tym wszystko, co robili, to zgadywanie.

"Gdzie dokładnie go znalazłeś? zapytał E-Z.

"Siedział przed swoim komputerem - powiedziała pani Lester.

"Czy ekran był włączony?" zapytał.

"Tak, był" - odpowiedział pan Lester. "Zadzwoniliśmy do naszego lekarza rodzinnego. Jest teraz zajęty, ma inny telefon, ale oddzwoni do nas".

"Zadzwonili już do lekarza u PJ'a, doktora Flannel. Pozwól, że zadzwonię do Lii i zobaczę, czy postawił już diagnozę".

"Są prawie takie same - powiedział.

"Co masz na myśli, prawie?"

Wyszedł na wózku z pokoju. Nie ma potrzeby martwić Lesterów bardziej niż już byli. Szepnął do telefonu: "Jego źrenice są nadal widoczne, ale są ogromne. Jak rany, zaraz pękną!".

"Ohyda!" powiedziała Lia. "Może powinien pojechać do szpitala?" "Zadzwonili do lekarza rodzinnego, ale jest niedostępny. Więc daj mi znać, gdy tylko dr Flannel wyda swoją opinię, a ja przekażę ją dalej. Możesz chcieć powiedzieć mu o oku Ardena i zobaczyć, czy doradziłby natychmiastową hospitalizację".

"Tak zrobię. Będę w kontakcie."

Wyjaśnił wszystko Lesterom. Wpatrywali się przed siebie z pustymi twarzami. Martwił się, jak to wszystko przyjmą.

"Czy ktoś chciałby filiżankę herbaty?" zapytała pani Lester.

"Nie, dziękuję - odpowiedział E-Z. Pani Lester była jedną z tych mam, które wierzyły, że herbata może rozwiązać większość problemów.

Pan Lester poszedł za żoną do kuchni.

"Czy zazwyczaj nie przyłączasz się do ich zabaw?" Alfred zapytał teraz, gdy on i E-Z byli sami z Ardenem.

"Czasami," odpowiedziała E-Z, "ale ostatnio, jeśli mam wolny czas, zazwyczaj spędzam go na pisaniu. Ostatnio nie mam zbyt wiele czasu dla siebie".

"To zrozumiałe. Przepraszam, jeśli za dużo się kręcę".

"Nie, w porządku. Muszę się bardziej zorganizować. Praca w szkole staje się coraz bardziej skomplikowana, wiesz, że jesteśmy na drodze do kariery i ukończenia studiów. Chcą, żebyśmy wiedzieli, dokąd zmierzamy, a my nawet jeszcze nie wiemy, gdzie jesteśmy".

"Pamiętam te dni, ale na pewno sobie poradzisz. W każdym razie cieszę się, że nie grałeś z nimi w tę grę - w przeciwnym razie mógłbyś być w takim samym stanie jak oni.

"To prawda. Nie mogę sobie wyobrazić, co mogłoby ich tak przestraszyć... jeśli to właśnie się stało. Gra to gra, a nie rzeczywistość. To musiały być niezłe zawody".

Lesterowie wrócili do pokoju syna.

"Co się stało?" krzyknęła pani Lester.

Powieki Ardena były teraz otwarte, odsłaniając całe białe wnętrze. Podobnie jak PJ, jego źrenice zniknęły.

E-Z miał uczucie deja vu, gdy pan Lester przeszedł przez pokój i pochylił się, aby odłączyć wtyczkę.

"Przestańcie!" krzyknął E-Z. "Nie dotykaj tego!"

Pan Lester zamarł w miejscu.

"Pan Rączka prawie został porażony prądem, gdy go dotknął. Najlepiej zostaw to w spokoju".

"Dzięki Bogu, że tu byłeś i mnie ostrzegłeś - powiedział pan Lester.

"Tak, dziękuję E-Z. Nie poradziłabym sobie, gdyby mój syn i mąż zostali ranni. Po prostu nie mogłabym. Przeszła przez pokój i objęła męża ramionami.

"Później jego komputer się zawiesił, ekran pękł i wydobywał się z niego dym - wyjaśnił E-Z. "Więc komputer PJ'a jest skwierczący, usmażony - tost. Natomiast komputer Ardena jest wciąż nienaruszony. Jeśli wymyślimy, jak się do niego dostać - bezpiecznie - może uda nam się dowiedzieć, co się z nimi stało.

Najpierw muszę zadzwonić do Wujka Sama i poprosić go o pomoc. On zna się na informatyce, więc będzie wiedział, co robić".

"Poczekaj - powiedziała pani Lester. "Chcesz nam powiedzieć, że PJ i Arden są tacy sami?"

Przytaknął.

"Zawsze mówiłam, że komputery to zło!" - powiedziała. "Mój Arden jest sportowcem. Powinien uprawiać sport, a nie siedzieć przy komputerze i marnować czas". Szlochała w pierś męża, a on ją przytulił.

"Komputery są niezbędne w szkole", powiedział pan Lester. "Nasz syn nie zrobił nic złego i jestem pewien, że lada chwila wróci do dawnej formy. Potrzebuje trochę przymknąć oko. Trochę odpoczynku, to wszystko. Nic mu nie będzie."

Alfred Hoo-hoo'd.

E-Z otrzymał wiadomość na swój telefon. "Lia mówi, że doktor Flannel kazał im zostawić PJ tam, gdzie jest. Powiedział, że jego oczy powinny same wrócić do normy. Mówi, że PJ nie wydaje się odczuwać bólu. Jego serce i puls są w normie. Potrzebuje odpoczynku."

"Dziękuję - powiedział pan Lester.

"Dziękuję, że wpadłeś - powiedziała pani Lester. "Damy wam znać, jeśli zajdą jakieś zmiany.

E-Z i Alfred wyszli po długiej wizycie i spotkali się z Lią i wszyscy razem poszli do domu.

"Nie mogę przestać się zastanawiać - powiedział E-Z - czy ta sprawa z PJ i Ardenem ma być próbą. Eriel zasugerowała, że powinienem się o coś martwić. Że powinienem nawet chcieć się tym zająć. Jeśli tak, to nie wiem, jak mam to naprawić. Masz jakieś pomysły? Poza tym, że Wujek Sam pomógłby nam dostać się do komputera Ardena - jestem całkowicie zagubiony".

"To dziwne, jeśli to próba - powiedział Alfred. "Bo procesy to już przeszłość, prawda?

"Tak, ale jeśli PJ i Arden są ranni, to nie mam innego wyjścia, jak tylko się zaangażować. Nawet jeśli archaniołowie odstąpili od naszej umowy.

"Oboje wyglądają na takich. Czego oczekują od ciebie? Przecież nie masz mocy uzdrawiania ani nic takiego - powiedział Alfred.

"Ależ masz! powiedziała Lia.

"Mam, ale kiedy są użyteczne. Próbowałam komunikować się z ich umysłami. Ale to było tak, jakby były puste. Nie mogłam do nich dotrzeć. Aby ich uzdrowić, musiałoby istnieć jakieś połączenie. A nie było nic, z czym mógłbym się połączyć.

"Wciąż zadaję sobie pytanie, czy powinnam wezwać na pomoc Ariel. Ona jest Aniołem Natury. Może jest coś, co mogłaby mi zasugerować, albo coś, co mogłaby zrobić, a czego ja nie potrafię.

"To obiecujący pomysł - powiedział E-Z.

WHOOPEE

Pojawiła się Ariel.

"Co jest?" zapytała.

Alfred wyjaśnił sytuację.

E-Z zapytał, czy to była próba, którą archaniołowie próbowali przeprowadzić po fakcie.

"Tak czy inaczej musisz pomóc swoim przyjaciołom - powiedziała. "Chcesz im pomóc, prawda?

"Oczywiście, że chcę, ale to, co muszę zrobić, jakie działania muszę podjąć w procesie, jest zwykle bardziej oczywiste.

"Czy nie słyszałam szeptów o tym, że nie jesteś w stanie przejąć inicjatywy? zapytał Ariel.

"Sugerujesz - zapytał E-Z, utrzymując niski głos, aby nie stracić panowania nad sobą. "Że archaniołowie wprowadzili moich przyjaciół w śpiączkę, aby sprawdzić moją inicjatywę?"

Ariel uśmiechnęła się. "Nie, niczego takiego nie sugeruję. Ale gdyby to była próba, to co byś zrobił, żeby im pomóc?

"Kiedy stawiany jest przede mną test, mój mózg zaczyna działać. Wiem, co zrobić, by to naprawić i robię to. W tym przypadku nie mam pojęcia, co zrobić, by to naprawić. Są w medycznym niebezpieczeństwie. Nie jestem lekarzem".

Ariel skrzyżowała ręce. "Czego próbowałeś, Alfredzie?

"Próbowałem połączyć się z ich umysłami. Zazwyczaj, jeśli mogę uzdrowić ludzi lub stworzenia, istnieje połączenie - takie, które nie zostało przerwane przez siłę zewnętrzną. W obu przypadkach było tak, jakby drzwi zostały zatrzaśnięte i nie mogłem się przez nie przebić.

"Odpowiedziałeś więc na własne pytanie - powiedziała Ariel. "W czym jeszcze mogę ci pomóc?

"Nie byłaś zbyt pomocna - powiedziała Lia.

Alfred przeprosił.

WHOOPEE

Ariel zniknęła.

"Nie powinnaś tak do niej mówić - powiedział Alfred. "Gdyby mogła nam pomóc, to by pomogła.

"Przepraszam, ale to frustrujące, kiedy nie wiedzą więcej niż my. Są archaniołami! Powinni wiedzieć coś, czego my nie wiemy, bo inaczej po co nam oni?" zapytała Lia.

"Masz na myśli, że Haniel zawsze jest w stanie rozwiązać każdy problem?"

Lia wzruszyła ramionami. "Nie miałam wielu do omówienia."

E-Z powiedział: "Eriel jest bezużyteczny. Za każdym razem, gdy prosiłem go o pomoc, odmawiał jej. Owszem, dawał rady. Mówił, żebym sam sobie poradził.

"Na przykład, kiedy wezwał mnie ostatnim razem, zasugerował jakiś rodzaj spisku lub powiązania, jak to nazwał.

"Kiedy domyśliłem się, co to było - granie w gry - że istniało połączenie, nadal był bezużyteczny. Chciałbym, żeby to powiedzieli. Tak czy inaczej, będę mógł skupić się na wyciągnięciu moich dwóch przyjaciół z tej sytuacji.

"Widzisz, co mam na myśli?" powiedziała Lia. "Wszyscy archaniołowie są całkowicie bezużyteczni.

"Haniel pomógł ci, gdy zraniłaś się w oko - przypomniał jej Alfred.

Lia odwróciła się do niego plecami.

"Miejmy nadzieję, że lekarz miał rację i rano oboje będą sobą - powiedział E-Z. "To wszystko, co możemy zrobić.

Gdy dotarli do domu, wyszli na podwórko. Przywitali się z Małą Dorrit, patrzyli na wschodzące słońce i rozmawiali o ich następnym ruchu.

E-Z omówił kilka spraw, które nie dawały mu spokoju. W Białym Pokoju zachęcali go do łączenia kropek. Ostatnio Eriel pomogła mu je zawęzić.

Przypomniał sobie wszystko, co powiedziała mu dziewczyna w sklepie. Jak wzięła zakładników, jak w grze. Jak nosiła kostium, więc wyglądała jak łowca nagród w grze.

Następnie omówił szczegóły dotyczące chłopca przed jego domem. Dzieciak powiedział wprost, że został wysłany, aby zabić E-Z przez głosy w grze, a jeśli tego nie zrobi, jego rodzina zostanie zabita.

Potem pomyślał o zaangażowaniu Eriel i innych Archaniołów w próby. Teraz PJ i Arden byli w to zamieszani.

Czy archaniołowie wciągnęliby ich, by dopaść jego? Czy to jego wina, że zbyt wolno rozwiązywał zagadkę, którą mu dali? Archaniołowie powiedzieli, że z nim skończyli. Odwołali próby, a on cieszył się, że już po nich. Dlaczego wrócili, próbując nawiązać z nim nowe połączenie? To nie mógł być zbieg okoliczności.

Otworzył usta, by powiedzieć Alfredowi i Lii, o czym myśli - zamiast tego znów wylądował w silosie. Tylko tym razem zamiast metalowego pojemnika był szklany, a on był bez swojego krzesła.

ROZDZIAŁ SZÓSTY

DO GÓRY NOGAMI

E-Z BYŁ ZAWIESZONY DO góry nogami w szklanej bańce, patrząc na zieloną, zieloną trawę ziemi. Był wysoko nad nią, a głowa bolała go tak bardzo, że bał się, że pęknie i rozpryśnie się po całym pojemniku. Ale na szczęście coś go podtrzymywało. Co to było, nie wiedział.

W przeciwieństwie do innych razy, kiedy był w silosie, nie był zabezpieczony (lub jego krzesło nie było) przymocowane do miejsca. Inną rzeczą, która go martwiła, wisząc tak do góry nogami, było to, że nie zobaczyłby nadchodzącej Eriel. Nie byłby też w stanie go wyczuć.

Gdy tylko pomyślał o Eriel, pojemnik się przesunął. Obawiał się upadku. Chciał się czegoś chwycić, ale poza powietrzem nie było niczego. Objął się ramionami. Wtedy poczuł ruch. Szklana komora obróciła się o sto osiemdziesiąt stopni zgodnie z ruchem wskazówek zegara. Jego głowa natychmiast poczuła się lepiej, wyraźniej i skupił się na wydostaniu się na zewnątrz. Im szybciej, tym lepiej.

Za późno jednak, rzecz przesunęła się, a następnie obróciła o kolejne sto osiemdziesiąt stopni. Znowu znalazł się tam, gdzie zaczynał.

"Howdy, Doody", krzyknął Eriel, przyciskając twarz do szyby. Potem zapukał i zaśpiewał: "Wpuść mnie, wpuść mnie".

"Zabierzcie mnie stąd!" krzyknął E-Z.

"Uspokój się," gruchnęła Eriel. "Jesteś tu z dobroci mojego serca. Chciałam ci osobiście powiedzieć, że twoi przyjaciele są w niebezpieczeństwie.

"Masz na myśli PJ i Ardena? Eriel skinęła głową. "Cóż, już to wiem! Ty wielki bufonie!

"Kije i kamienie połamią mi kości, ale imiona nigdy mnie nie skrzywdzą" - zaśpiewała Eriel.

"Jeśli mnie stąd nie zabierzesz - natychmiast - to zrobię ci więcej niż kije i kamienie!

Eriel postukał kościstym palcem w podbródek. W końcu wciąż znajdował się prawą stroną do góry, co było przewagą nad perspektywą, w której znajdował się E-Z.

"Chciałem, żebyś wiedział, że nawet jeśli twoi przyjaciele są w niebezpieczeństwie, nie musisz się martwić. Nie grozi im niebezpieczeństwo ze strony superbohaterów. Zrobił pauzę. "Mały ptaszek powiedział mi, że myślisz, że próbujemy ominąć cię kolejną próbą... cóż, nie próbujemy. Zostaw ich losowi.

"Co masz na myśli mówiąc, że nie grozi im niebezpieczeństwo ze strony superbohaterów? krzyknął E-Z.

Eriel zniknęła, a szklany pojemnik spadł. Zamachnął się, ustabilizował. Znowu spadł. Trwało to i trwało, aż był pewien, że jego czaszka wkrótce roztrzaska się jak jajko o chodnik.

Wtedy zobaczył Alfreda na skraju trawnika, skubiącego trawę.

"Hej!" krzyknął E-Z. "HEJ!"

Alfred przestał jeść i podszedł do niego. Spojrzał na swojego przyjaciela wiszącego do góry nogami w szklanej bańce.

"Co tam robisz? - zapytał łabędź trębacz.

"Eriel!" wykrzyknął E-Z.

"Wystarczy. Pójdę obudzić Sama. Mam nadzieję, że będzie wiedział, co zrobić, żeby cię stamtąd wyciągnąć.

"Dobry pomysł i poproś go o przyniesienie mojego krzesła.

Czekając, E-Z przeklinał samego siebie. Stracił okazję, by zażądać więcej informacji od Eriel. Zachowywał się jak ofiara. Zawiódł swoich dwóch najlepszych przyjaciół.

Sformułował plan. Kiedy stąd wyjdę, znajdę Eriela i zmuszę go, by powiedział mi, jak uratować PJ i Ardena. Sprawię, że przysięgnie, że nigdy więcej nie postawi mnie w takiej sytuacji.

Poczekaj chwilę. Jeśli PJ i Arden nie byli w niebezpieczeństwie superbohatera. W jakim niebezpieczeństwie się znajdowali? Czy w ogóle potrzebowali ratunku? A może doktor Flannel miał rację, mówiąc, że im przejdzie i wkrótce wrócą do dawnej postaci?

Nie podobało mu się stwierdzenie "zostaw ich losowi". Wierzył, że sami tworzymy swoje przeznaczenie, a jego dwaj przyjaciele byli w śpiączce. Nie mogli sobie pomóc, więc on zamierzał im pomóc. Bez względu na to, co mówiła Eriel.

W końcu wujek Sam wyszedł, dzierżąc w dłoni duże narzędzie. "To nóż do cięcia szkła - powiedział. "Wiedziałem, że kiedyś się przyda, gdy kupiłem go w jednej z tych reklam w telewizji. Powiedzieli, że może przeciąć szkło jak masło. Sprawdźmy, czy to była fałszywa reklama". Przeciął wokół dna. Powoli. Ostrożnie.

"Hej, pospiesz się, duszę się tutaj! Jeśli wzejdzie słońce, usmażę się".

"Cierpliwości, drogi chłopcze", gruchnął Alfred.

"Już prawie - powiedział Sam. Był na kolanach, posuwając się naprzód, gdy nóż rozcinał dno pojemnika. W międzyczasie kolana jego piżamy ociekały rosą z trawnika. "Zakładam, że Eriel miała coś wspólnego z tym, że tam jesteś?

"Potwierdzam."

Sam skończył cięcie i puścił siostrzeńca, po czym pomógł mu wsiąść na wózek inwalidzki.

"Dzięki wujku Samie.

"Nie ma za co. A teraz wyjaśnij, proszę?

"Jestem zbyt zmęczony. I jestem zbyt zirytowany, żeby to wyjaśniać. Czy możemy to zrobić rano?"

Słońce czerwieniło się na horyzoncie.

Za kilka godzin E-Z będzie musiał sprawdzić, co u swoich przyjaciół. Miał nadzieję, że nic im nie będzie. Wrócili do normalności. Wtedy nie musiałby się nad tym zastanawiać. Jeśli nie... jeśli nie. Cóż, tak czy inaczej wszystko będzie lepiej, gdy się prześpi.

"Mogę mu wszystko wyjaśnić - zaoferował Alfred.

"Co o tym wiesz? Musiałem na ciebie krzyczeć, żeby zwrócić twoją uwagę.

"Widziałem wszystko. Jak myślisz, co tu robiłem? Czekałem, aż poprosisz o pomoc. Nie chciałem zakłócać twojego czasu Eriel".

"Przeszkadzać. Bardzo zabawne. Dobrze, poinformuj go. Idę złapać trochę zzzs. Jestem zbyt zmęczony, by dłużej myśleć. Wjechał po rampie do domu i w pełni ubrany położył się do łóżka.

E-Z śnił, że to jego siódme urodziny. Jego rodzice wynajęli kryty wirtualny park gier. Zaprosił w sumie dwanaście dzieci, więc było ich trzynaścioro, a jedna drużyna musiała mieć dodatkowego gracza. Jako, że był to jego dzień, to wybrali drużyny, a ostatnia wybrana osoba trafiła do jego drużyny. Nazwali się Ball Breakers. Druga drużyna, prowadzona przez Kyle'a Marshalla, nazywała się Bat Shitz.

"Nie możesz używać tej nazwy", skarcił zespół E-Z. "To praktycznie przekleństwo".

"Zastanów się jeszcze raz - powiedział Marshall. "Pisownia to Shitz. Nazwaliśmy się po moim psie. Ona jest Shitz-hu".

"Zagrajmy - powiedział E-Z.

PJ i Arden byli w drużynie E-Z. Drużyna tornado trio skopała tyłki drużynie Bat Shitz, aż wszyscy byli zbyt zmęczeni, by się ruszyć.

"Podano jedzenie" - zawołała matka E-Z. Rodzice czekali w sąsiedniej restauracji. Zamówili mnóstwo pizzy, wiadra napojów bezalkoholowych, a na koniec tort ze świeczkami.

Dzieci razem opuściły strefę gier. Wkrótce Arden zdał sobie sprawę, że zostawił swoją czapkę z daszkiem.

"Nie mogę jej zostawić! Muszę wracać!"

"Pójdziemy z tobą," powiedział E-Z. "Dajcie mi chwilę, żebym mógł powiedzieć mamie.

"Dam jej znać - powiedział Kyle, który był w pobliżu.

E-Z, PJ i Arden zawrócili. Kiedy nie mogli znaleźć czapki, szli dalej.

"Musi gdzieś tu być!" powiedział Arden.

"Nie sądziłem, że jest tak daleko" - powiedział E-Z.

"Te sępy zjedzą całą pizzę, zanim wrócimy" - powiedział PJ.

"Nie martw się, pani Dickens zachowa dla nas trochę jedzenia. Wie, że to nie potrwa długo.

Korytarz rozszerzył się do innego budynku, innego miejsca. Przed nimi znajdowała się gigantyczna gilotyna. Na szczycie, nad ostrzem znajdowała się czapka Ardena. Na samym ostrzu znajdował się znak. Wciąż ociekał czerwoną farbą lub krwią. Napis głosił: "Głowa idzie tutaj".

"Czy my śnimy?" zapytał Arden. "Bo naprawdę nie potrzebuję mojej czapki z daszkiem aż tak bardzo.

"Posłuchaj. Głosy," powiedział E-Z.

Szepty, bardzo ciche, ale szmery. Najpierw była to samotna kobieta. Potem dołączyła kolejna, tworząc duet. Potem dołączyła kolejna, tworząc trio. Szepty zmieniły się w śpiew.

"Nie słyszę żadnych słów" - powiedział PJ.

"Ciii - powiedział E-Z, trzymając palec przy ustach.

Głosy śpiewały,

"B-link i jesteś martwy.

B-link i jesteś martwy.

B-link and you're dead, B-link and you're dead" do melodii Happy Birthday to you.

"To przerażające!" powiedział PJ.

"Wracajmy - powiedział Arden, gdy drzwi, przez które weszli, zatrzasnęły się, a kroki odbiły się echem po korytarzu.

Kroki stały się głośniejsze.

CLANK. CLANK. CLANK.

Kolczuga. Zbliża się. Stopy w butach. Jeden żołnierz. Bardzo wysoka postać w kapturze. Niesie coś srebrnego: ostrzałkę do noży.

Gdy dotarł do podnóża gilotyny, zakapturzona postać wyciągnęła z kieszeni pióro. Przyłożył je do ostrza. Przecięło je jak masło. Mimo to poszedł dalej i naostrzył je jeszcze bardziej. Ostrząc ostrze, nucił pod nosem, jakby cieszył się swoją pracą.

"Jakby ostrze gilotyny nie było wystarczająco ostre!" szepnął PJ. "Zabierzcie mnie stąd!

Arden podbiegł do drzwi i zaczął w nie walić. "E-Z, musisz nas stąd wyciągnąć! Musisz nam pomóc! Proszę, pomóż nam!"

WCZYTYWANIE WIADOMOŚCI.

Na ekranie pojawiły się twarze PJ i Ardena. Wypowiedzieli dwa słowa:

"OSTRZEGAJCIE ICH".

E-Z obudził się i usłyszał, jak Wujek Sam wali pięściami w drzwi jego sypialni. "Wstawaj E-Z, nie możemy znaleźć Lii!".

Teraz, gdy się obudził, zdał sobie sprawę, że próbowała się z nim skontaktować. Żeby go poinformować. Sprawdził swój telefon. Wiadomość z aktualizacją.

"W porządku - powiedział E-Z - jest z PJ. Powiedz Samancie, że nic jej nie jest. Muszę wkrótce zobaczyć się z nim i Ardenem. Gdzie jest Alfred?

"Jest w ogrodzie - odpowiedziała Sam. "Chcesz jakieś śniadanie przed wyjazdem?

"Kanapka z grillowanym serem będzie w sam raz. Dzięki.

Kiedy E-Z się ubierał, pomyślał o swoim śnie. Chłopaki rozmawiali z nim przez wspólne wydarzenie, które mieli w wieku siedmiu lat. Musiał dowiedzieć się, o co w tym wszystkim chodzi. Ostrzec ich? Kogo dokładnie? To była konkretna wskazówka, ale kogo dokładnie chcieli ostrzec?

Tak, był pewien, że próbują mu coś powiedzieć, ale co dokładnie? Po raz kolejny miał podstępne podejrzenie, że to wszystko ma coś wspólnego z Eriel.

Najpierw poszedł do domu Ardena, a biedak, jak poprzednio, leżał jak zombie w swoim łóżku. Lekarz był przy nim, gdy E-Z i Alfred weszli do środka.

"Jaka jest diagnoza?" zapytał E-Z.

"Po pierwsze, zabierzcie stąd to ptactwo!" wykrzyknął lekarz.

Alfred chrząknął w proteście, po czym odleciał. Na zewnątrz skubał trawę i czyścił pióra.

Lekarz spojrzał na państwa Lester: "Ile chcecie, żeby ten dzieciak wiedział?".

"To jest E-Z, jeden z najlepszych przyjaciół Ardena.

"Wiem kim on jest, widziałem go w telewizji ratującego ludzi."

E-Z nie wiedział co powiedzieć, więc nic nie powiedział, ale nie podobała mu się postawa tego lekarza.

"Arden jest w śpiączce.

"Tak myślałem. Więc kiedy z niej wyjdzie? Dr Flannel w domu Handle - gdzie PJ jest w tym samym stanie - powiedział, że wkrótce wróci do normy."

"Tego nie wiem. Jego ciało chroni go przed czymś, więc obudzi się, gdy będzie na to wystarczająco zdrowy. W międzyczasie sugerowałbym, aby ktoś był przy nim dwadzieścia cztery godziny na dobę". Następnie zwrócił się do Lesterów: "Najlepiej będzie, jeśli oboje postaracie się zatrudnić pielęgniarkę. Mogę wam kogoś polecić. Jeśli możesz pracować z domu, byłoby najlepiej. Odezwę się do was za kilka dni".

"Za kilka dni" - powtórzył pan Lester.

Pani Lester wyprowadziła lekarza z domu.

E-Z poszedł za nią. "Jeśli mogę pomóc, zrobić zmianę u jego boku, nie wahaj się poprosić. Idę teraz do PJ. Lia już tam jest i napisała, że jest taki sam".

"Informuj nas na bieżąco i pozdrów rodzinę PJ'a.

"Tak zrobię - powiedział E-Z, gdy on i Alfred ponownie się połączyli. Obaj oderwali się od ziemi i polecieli do domu PJ.

Gdy lecieli obok siebie, Alfred powiedział: "Nie przepadałem za tym lekarzem. Kiedy ktoś jest niemiły dla zwierząt... nie ufam mu".

"Słyszę cię, ale on tylko wykonywał swoją pracę.

"My, łabędzie, nie wywołaliśmy żadnych plag ani... nieważne. Zapomniałem o ptasiej grypie - ale to stało się z powodu ludzi".

Wylądowali w domu PJ, gdzie Lia czekała na nich z otwartymi drzwiami.

"Co u was słychać?" - zapytała.

"W porządku - odpowiedział Alfred.

"Jest trochę wkurzony, bo lekarz Ardena wyrzucił go z pokoju, ale dzięki, wszystko w porządku. A ty?

"U mnie w porządku, ale rodzice PJ tracą zmysły i nie ma żadnych oznak powrotu do zdrowia.

"Czy oddzwonili do lekarza?" zapytał Alfred.

"Nie. Dał im nadzieję, ale nic więcej, głównie to, że z tego wyjdzie. Ale martwię się, że się myli. Przerwała, lekko się rumieniąc.

"Jeszcze jedno, kiedy trzymałam go za rękę. Spojrzała na nich oboje. "On, cóż, nie jestem pewna, czy to sobie wyobraziłam, czy naprawdę to zrobił - ale wydawało mi się, że ją ścisnął.

"Dzięki, że z nim zostałaś. Powinniśmy zmieniać się z jego rodzicami, aby nikt nie był zbyt zmęczony. Możesz teraz wrócić do domu i spędzić trochę czasu z mamą. Pewnie zastanawia się nad tobą. Nie było mowy, żeby wspomniał o trzymaniu za rękę.

"W takim razie wyjdę, kiedy to zrobisz - powiedziała Lia, gdy szli do pokoju PJs.

Alfred, Lia i E-Z byli teraz sami z PJ.

"Zeszłej nocy miałam dziwny sen. PJ, Arden i ja byliśmy na moich siódmych urodzinach - ale rzeczy nie działy się tak jak wtedy. Próbowali się ze mną komunikować poprzez wydarzenie, które dzieliliśmy, ale nie jestem pewien, co chcieli mi powiedzieć.

"Opowiedz nam ten sen - powiedział Alfred. "I niczego nie pomijaj".

"Tak, powiedz nam, a my zobaczymy, czy możemy pomóc ci go zinterpretować".

"Cóż, zaczął się normalnie. Wszystko było tak, jak tego dnia, dopóki Arden nie zapomniał swojej czapki baseballowej, a my, nasza trójka, wróciliśmy po nią".

"Więc nie zgubił czapki baseballowej na prawdziwej imprezie?"

"Nie, nie zgubił. W rzeczywistości miał taką obsesję na punkcie tej czapki, że często dokuczaliśmy mu, że jest przyklejona do jego głowy. Więc to była istotna część snu. Wracaliśmy do strefy gry, a korytarz wydawał się o wiele dłuższy niż wtedy, gdy go opuszczaliśmy.

Szliśmy przez długi czas. Rozmawialiśmy, jak to mieliśmy w zwyczaju. Na początku nie zdawaliśmy sobie z tego sprawy, szliśmy już od dłuższego czasu. Arden rozważał pozostawienie czapki tam, gdzie była, ponieważ dotarcie tam trwało tak długo, ale zdecydowaliśmy się ją zdobyć. Powiedział, że czapka ma dla niego wartość sentymentalną.

"Interesujące - powiedziała Lia. "Czy wiesz, dlaczego tak bardzo kochał tę czapkę?

"Nosił ją cały czas, bo lubił drużynę. Nigdy nie wiedziałam, że w prawdziwym życiu istnieje jakiekolwiek sentymentalne przywiązanie inne niż do samej drużyny. A we śnie, w tym momencie, nie, dopóki tego nie powiedział. Następnie korytarz powiększył się i znaleźliśmy się w dużym, przestronnym pomieszczeniu, przypominającym aulę. Na środku pokoju znajdowała się gigantyczna gilotyna.

"Co! Jakie to dziwne!" powiedział Alfred.

"To trochę przerażające - powiedziała Lia.

"To nie wszystko. Na górze, nad ostrzem znajdowała się czapka Ardena, a pod nią napis: Głowa idzie tutaj".

Lia i Alfred wstrzymali oddech.

"Arden powiedział, że nie lubi już tej czapki. Wtedy zrobiło się ciemno i usłyszeliśmy ciężkie kroki zbliżające się do nas. Buty. Klikanie łańcuchów lub zbroi. Potem światła znów się zapaliły i wszedł facet z kapturem na głowie. Podszedł do gilotyny i naostrzył noże, jeden po drugim.

"Co potem?" zapytał Alfred.

"Potem pojawił się ekran komputera z napisem LOADING i pojawił się obraz ich dwóch. Powiedzieli dwa słowa:

"OSTRZEGAJ".

"Co potem?" Alfred zapytał ponownie.

"Wujek Sam obudził mnie i zapytał, czy wiem, gdzie jest Lia.

"Niewiele z tego wynika - powiedziała Lia - Czy on kochał tę czapkę? I kogo powinieneś ostrzec?

"Ulubioną drużyną Ardena był i nadal jest Boston Red Sox. Czapka była dla niego prezentem - autentycznym - nigdy by jej nie zostawił, bez względu na wszystko. Jednak co najmniej dwa razy rozważał pozostawienie jej we śnie".

"Ale nie był na tyle chętny, by wsadzić głowę pod gilotynę, by ją zdobyć" - powiedział Alfred.

"Kto by był!" zapytała Lia.

"Szkoda, że nie możemy użyć komputera Ardena. Założę się, że jest tam jakaś wskazówka. Założę się, że ma plik, coś ukrytego, co mogłabym znaleźć. Może właśnie o tym był ten sen. I dlaczego dał mi wskazówkę".

Lia sprawdziła w telefonie znaczenie snu z gilotyną. "Mówi, że reprezentuje strach lub niepokój. Bycie wyróżnionym lub zawstydzonym z powodu czegoś".

"Chyba mam pomysł - powiedział E-Z, przewijając listę kontaktów w telefonie.

"Poczekaj chwilę - powiedział Alfred - zadzwoń do Sama.

"Masz rację, może powinienem mu to najpierw przedstawić". Zadzwonił do Sama i wyjaśnił sytuację. Sam powiedział, że zaraz przyjedzie do Arden i powinni się tam z nim spotkać.

"Wszystko w porządku?" zapytała mama PJ. "Chcesz się czegoś napić?".

"Nie, dziękuję, ale wujek Sam jedzie do Arden i tam się z nim spotkamy. Rzucimy okiem na komputer Ardena i dowiemy się, co ostatnio robił. Szkoda, że komputer PJ'a nie działa."

"To sprytny pomysł. Słyszeliśmy, że rodzice Ardena wezwali też lekarza, czy był pomocny?

"Nie, nie był."

"Będziemy cię informować, jeśli coś usłyszymy - powiedziała Lia, dotykając czoła PJ.

"Jesteś dobrą dziewczynką - powiedziała matka PJ. Potem wyszła z pokoju, walcząc ze łzami.

Kiedy dotarli do domu Arden, Sam czekał na nich na zewnątrz. Miał swojego laptopa, torbę pełną narzędzi komputerowych i kilka innych drobiazgów.

Razem weszli do środka, gdzie Sam ustawił swój własny komputer w pobliżu, laptopa, podłączył go po drugiej stronie pokoju, a następnie spojrzał na konfigurację Ardena. Był podłączony prosto do gniazdka ściennego. Bez ochronnej listwy zasilającej na wypadek nieoczekiwanych przepięć. Dobrze, że zawsze nosił jedną w torbie.

Po zabezpieczeniu listwy ochronnej podłączył do niej komputer Ardena. Czekali i nic się nie działo. Uznając to za dobry znak, włączył zasilanie i komputer Ardena ożył. Wymagane było hasło. Hasło, którego żadne z nich nie znało.

"Jakieś przypuszczenia? zapytał Sam.

E-Z wpisał Boston Red Sox. Spróbował drugiego imienia Arden, które brzmiało Daniel. Nic z tego.

"Spróbuj gilotyny" - zasugerował Alfred.

"Bingo!" powiedział E-Z, teraz musiał tylko przeszukać historię.

"Pozwól mi - powiedział Sam, klikając w ustawienia, szukając czegoś niezwykłego. Nie było nic niezwykłego.

"Jaka była ostatnia rzecz, którą zrobił? Grał w jakąś grę?" zapytał E-Z.

Gdy Sam kliknął, aby się dowiedzieć, listwa przeciwprzepięciowa zapaliła się. Wujek Sam pobiegł ugasić pożar, a zanim wrócił, E-Z już przykrył go kocem. "Dobra myśl", powiedział.

"Mam nadzieję, że mama Arden też tak myśli!".

"Weź dysk twardy!" powiedział Sam, co zrobił zanim dysk się usmażył. "Teraz zabierzemy to ze sobą i zobaczymy, co da się zobaczyć.

ROZDZIAŁ SIÓDMY

DYSKUSJA

Gdy wracali do domu, E-Z wciąż myślał o wiadomości "Ostrzeż ich". Czy to mogło być coś więcej niż sen?

"Zastanawiam się", powiedział.

"O czym?" zapytał Sam.

E-Z wyjaśnił swój sen i wiadomość, a następnie dodał swój nowy pomysł, aby zobaczyć, co o tym myślą.

"PJ i Arden ustawili wszystko na stronie internetowej, abyśmy mogli w przyszłości robić podcasty. Zastanawiam się, czy powinienem z tego skorzystać, gdy już ustalimy, kogo ostrzec. Z pewnością moglibyśmy dotrzeć do wielu ludzi".

"To genialny pomysł!" powiedział Sam - Ale czy nie powinniśmy teraz budować naszych zwolenników? Więc kiedy będziemy gotowi do przekazania ostrzeżenia, będziemy mieli już kilku subskrybentów?".

"Co miałbym powiedzieć?"

"Zastanówmy się nad tym - powiedziała Lia. "Będziemy tuż obok ciebie.

"Nie mam nic przeciwko temu, żebyś to ty mówił".

Gdy dotarli do domu, weszli do środka.

ROZDZIAŁ ÓSMY

BRANDY PRZETRWAŁA

Kiedy zobaczyła go po raz pierwszy, połączyła ich muzyka. Grała na pianinie, lepiej niż przeciętnie, ale nie wyjątkowo dobrze. Jej nauczyciel muzyki powiedział, że ma naturalne zdolności - cokolwiek to znaczyło. Ale mogła grać tylko piosenki, które coś dla niej znaczyły. Wtedy je zapamiętywała i była w stanie zagrać je od razu. Jednak zmuszanie jej do grania czegoś, czego nie lubiła, sprawiło, że znienawidziła lekcje.

Trzymała się tego. Zmuszała się, nawet gdy tego nienawidziła. Miała nadzieję, że uda jej się dostać do szkolnego zespołu.

Jej rodzice chcieli coś pokazać za wszystkie lekcje, za które zapłacili. Nalegali, by spróbowała swoich sił w zespole, aby bardziej zaangażować się w szkolne zajęcia.

"To będzie dobrze wyglądać na twoim podaniu na studia" - powiedział jej ojciec.

"Postaraj się jak najlepiej, tylko o to prosimy. Daj z siebie wszystko!" - powiedziała jej matka.

Jednak tegoroczne przesłuchania do szkoły średniej obfitowały w utalentowane dzieci. Utalentowany perkusista był już na scenie, gdy weszła do audytorium.

Z pocącymi się dłońmi i bijącym sercem ruszyła wzdłuż linii. Kolejka uczniów i nauczycieli klaskała i stukała palcami. Czuła, jak podłoga pulsuje z każdym uderzeniem.

Niczym robot szła wzdłuż krawędzi widowni, aż znalazła się tak blisko sceny, jak tylko mogła.

Teraz wymknęła się przez drzwi i poszła za kulisy. Stanęła z innymi wykonawcami i biła brawo, jakby zawsze tam była.

To był genialny plan. Wszyscy byli tak zaangażowani w jego przesłuchanie, że nawet nie zauważyli, że wcięła się w kolejkę.

"Kim on jest?" szepnęła do dziewczyny stojącej przed nią w kolejce.

"Shhhhh!" odpowiedzieli inni oczekujący wykonawcy.

Bębnił dalej, ubrany w dżinsy, a jego blond włosy kołysały się i podskakiwały. Następnie pochylił się bliżej mikrofonu, a jego głęboki melodyjny głos dołączył do rytmu.

Przysunęła się trochę bliżej, a kiedy to zrobiła, zauważyła swędzenie, którego wcześniej nie było. Na dłoniach, ramionach, nogach. Drapała się i nie znalazła ulgi. W rzeczywistości pogorszyło się i wkrótce jej skóra zaczęła płonąć. Potem jej oddech się pogorszył, a bicie serca zwolniło.

"Uspokój się", wyszeptała zarówno na głos, jak i w głowie.

Była to ostatnia rzecz, jaką pamiętała, zanim obudziła się w jadącym pojeździe.

ROZDZIAŁ DZIEWIĄTY
O BRANDY

Pojazd pędził autostradą. Ona siedziała na tylnym siedzeniu. W czyim samochodzie była? To nie był pojazd, który rozpoznała.

Spróbowała usiąść; bolała ją głowa - jakby pędził przez nią pociąg. Zamknęła na chwilę oczy i nasłuchiwała, próbując dowiedzieć się, jak się tam znalazła. Sam samochód pachniał śmiesznie, nowością i starością jednocześnie.

PFFT.

Z otworu wentylacyjnego wydobywał się zapach, który sprawił, że zwymiotowała.

"Hej, uważaj na wnętrze - powiedział męski głos. "To prawdziwa skóra. Zadzwonił jego telefon i odezwał się przez mikrofon w wizjerze. "Tak, wkrótce tam będziemy - powiedział. Rozłączył się i podkręcił radio.

Jej ręce były związane, nie z tyłu, jak widziała w filmach, ale z przodu, tuż nad zapiętym pasem bezpieczeństwa. "Chcę jechać do domu!"

"Wkrótce" - odpowiedział męski głos przez chór melodii Drake'a.

Po przejechaniu około trzydziestu minut, wjechał na stację benzynową. Zamknął ją, a następnie zatrzasnął za sobą drzwi i zostawił ją bez słowa.

Wyjrzała przez okno, starając się nie zwymiotować. Jej porywacz wszedł do środka. Miała nadzieję, że nie był porywaczem planującym zażądać okupu. Jej rodzice nie mieli pieniędzy, by zapłacić za jej powrót. Skupiła się na chwili obecnej, zauważając, że drzwi nie miały klamek, a przyciski do otwierania okna nie działały.

Po drugiej stronie samochodu pompującego benzynę zobaczyła faceta.

"POMOCY!" zawołała, dając z siebie wszystko. Wiedziała, że to może być jej jedyna szansa.

Kiedy nie zareagował, waliła swoimi związanymi palcami w zamknięte okna. Trudno było wydawać jakiekolwiek dźwięki w tym akwarium. Obejrzała się za siebie, a jej porywacz wracał do samochodu, niosąc ze sobą puszkę napoju wyskokowego i dwa batoniki czekoladowe. Kiedy usiadł za kierownicą, rzucił jej przez ramię tabliczkę czekolady. Nie mogła go złapać, nienawidziła tego rodzaju, nie wspominając o tym, że niedawno wymiotowała.

"Chce mi się pić - powiedziała.

"Czego chcesz? - zapytał, po czym wszedł do środka i niemal natychmiast wyszedł z butelką wody.

Odkręcił nakrętkę i włożył ją w jej ręce. Mimo że były związane, po kilku próbach udało jej się nabrać trochę wody do ust. Przód jej koszulki ociekał wodą. Nie przeszkadzało jej to, zmyło część zapachu barffy.

"Dziękuję", powiedziała.

Chwilę później znów byli na autostradzie. Przyspieszył, wjechał na pas szybkiego ruchu, a jej pasy się odpięły. Rzuciła się na tył samochodu, jak pojedyncza kość tocząca się bez kierunku.

"Przestań, wariatko!" - powiedział mężczyzna, gdy próbowała ponownie zapiąć pas, mając związane ręce.

Opony, gdy kierowca lekkomyślnie zmienił pas ruchu. Inni kierowcy zaczęli hamować, aby go ominąć. Następnie skierował się w stronę zjazdu. Wcisnął hamulec i zatrzymał się. Wysiadł z przedniego siedzenia i otworzył tylne drzwi.

Była gotowa z nogami skierowanymi w jego stronę i uderzyła go z całej siły jednym potężnym dwunożnym kopnięciem. Upadł na ziemię, a ona wysiadła z samochodu, biegnąc dziko, gdy uderzył w nią samochód, potem kolejny, potem kolejny.

Wsiadł z powrotem do samochodu i odjechał.

"Głupia dziewczyna!" wykrzyknął.

ROZDZIAŁ DZIESIĄTY

BRANDY PAMIĘTA

"Znowu to się stało, prawda?" - zapytała jej matka, pomagając Brandy wysiąść z wózka. "Co się stało tym razem?"

"Przepraszam, mamo - powiedziała nastolatka, schylając się, by zawiązać but. Jej ręce czuły się tak dobrze, teraz, gdy nie były już związane.

Jej matka pochyliła się i szepnęła: "Czy to było to samo, co poprzednim razem? Zemdlałaś?"

Wstała i spojrzała w stronę drzwi.

"Powiedz mi - powiedziała jej matka, przesuwając córkę przed siebie, aby były blisko i nikt inny nie mógł ich usłyszeć. Poza tym nikogo innego nie było w ich przejściu.

"Byłam w szkole, na przesłuchaniach. Chłopak grał solo na perkusji i śpiewał. Był naprawdę świetny.

"Spodziewam się, że też marzycielski?" - zapytała jej matka.

Poczuła, że jej policzki stają się gorące. "Moje serce przyspieszyło, moje dłonie się spociły i poczułam się dziwnie. Następną rzeczą, jaką wiedziałam, było to, że byłam związana z tyłu jadącego pojazdu!"

"Związana? W samochodzie? Czyim samochodzie? Kto prowadził? Dokąd jechałeś?"

"Nie rozpoznałem samochodu ani kierowcy. Rozmawiał z kimś, używając jednego z tych mikrofonów. Był w porządku kierowcą, dopóki nie wjechał na autostradę. Potem jechał jak maniak, a ja udawałam, że pasy się odpięły. Kiedy zjechał z drogi i zatrzymał się, kopnęłam go tak mocno, że się przewrócił, a ja zaczęłam uciekać.

"Dzięki Bogu udało ci się uciec. Czy ktoś zatrzymał się, by ci pomóc? Mam nadzieję, że masz ich numer, żebym mogła zadzwonić i im podziękować".

Brandy nie odezwała się, ponieważ pamiętała samochody, jeden, dwa, trzy, kiedy w nią uderzyły, a ona umarła. Znowu. I znowu wylądowała z matką w sklepie spożywczym.

"Porozmawiaj ze mną", powiedziała matka Brandy.

"Znowu umarłam - powiedziała Brandy - i wylądowałam tutaj. Znowu."

Usiadła na podłodze, a raczej jej kolana osłabły i upadła na kolana. Jej matka podążyła za nią, jak domino.

Usiadły razem, trzymając się za ręce i nie odzywając się.

ROZDZIAŁ JEDENASTY

BRANDY THEEN

"Pospiesz się, Brandy!" - tak powiedziała jej matka ostatnim razem. Ostatni raz, gdy jej jedyna córka umarła i zmartwychwstała.

Kiedy większość rodziców musiała iść do sklepu spożywczego ze swoimi dziećmi - nie mogli się stamtąd wydostać wystarczająco szybko.

Brandy nie była jednym z tych dzieci. Wolała sklepy od parków, sportu - większości aktywności. Zabranie jej na zakupy było jedynym sposobem na wyrwanie jej z domu.

Nie była to całkowicie wina Brandy. Urodziła się z rzadką wadą serca. Mówili, że z tego wyrośnie. Tak więc bieganie i zabawa z innymi dziećmi nie były dla niej opcją.

W rezultacie pokochała centrum handlowe, ale najbardziej kochała sklep spożywczy. A w alejkach z żywnością zawsze panował spokój. Z wyjątkiem jednego razu, kiedy rozdawali darmowe DVD. Brandy była tak podekscytowana, że nie mogła oddychać i musieli ją zawieźć do szpitala.

Miała wtedy trzy lata.

ROZDZIAŁ DWUNASTY

BRANDY TERAZ

Teraz, gdy jej córka miała czternaście lat, wydawało się, że dzieje się to coraz rzadziej. Mimo to zastanawiała się, co się stanie, gdy będzie zbyt duża, by zmieścić się w wózku spożywczym.

"Jak myślisz, dlaczego tutaj?" zapytała matka Brandy - "Dlaczego zawsze tylko ty i ja i tutaj?".

"Nie wiem mamo, ale wiem jedno. Chcę zrobić zakupy. Chcę kupić jedzenie i napoje i już mnie nie ma. Zostań tu, jeśli chcesz, wrócę za minutę. Zagraj w pasjansa na telefonie. To uspokoi twoje nerwy, a zakupy uspokoją moje".

Kobieta usiadła na podłodze, podczas gdy wózki podjeżdżały i odjeżdżały, skupiając całą swoją uwagę na grze w pasjansa. Jej córka znała ją bardzo dobrze. Mimo to starała się nie martwić o to, jak wiele -

nie jak mało - powiedzieć mężowi. Nie powiedziała mu ostatnim razem, kiedy zmarła jej córka, ani poprzednim razem, ani jeszcze wcześniej. Powiedziała mu tylko, że poszli na zakupy i było to stresujące.

"Jestem gotowa" - powiedziała Brandy, kiedy była małą dziewczynką z rękami pełnymi płatków śniadaniowych i ciastek.

Skierowali się więc do kolejki do kasy samoobsługowej.

"Pozwól mi to zrobić, mamo!"

Brandy zawsze tak mówiła. Uwielbiała patrzeć, jak kasjerka skanuje każdy przedmiot. I niech Bóg ma ich w opiece, jeśli skan był błędny.

Brandy i jej matka skończyły dzień i wróciły do samochodu. Brandy usiadła z przodu i zapięła pasy. Ruszyły w drogę, zatrzymując się tylko na chwilę na stacji benzynowej, aby kupić dwie gorące krówki.

"Mamy dziś naprawdę świetne okazje" - powiedziała wtedy Brandy i powtórzyła to teraz.

"Wiem, że kochasz, ale nadal chciałabym usłyszeć więcej o twoim dzisiejszym incydencie. Czy pamiętasz coś jeszcze z tego, co się stało? Musiałeś być przerażony, będąc sam w samochodzie z nieznajomym? Nie rozumiem, jak to się stało. Czy ta sytuacja różniła się od innych? Powiedziałaś, że w jednej chwili byłaś na przesłuchaniu szkolnego zespołu, a w następnej w samochodzie?"

"Tak, czekałem na swoją kolej do występu z innymi uczniami. Wszyscy słuchaliśmy chłopaka grającego na perkusji. Był niesamowity, śpiewał i grał. Zbliżałem się do przodu kolejki, kiedy ZAP, zniknąłem".

"Och, nie podoba mi się dźwięk tego ZAP".

"Tak to się stało, mamo. Najpierw swędziały mnie ręce, potem nogi i ramiona".

"Nie mówiłaś mi wcześniej o swędzeniu?

"To się zdarza. Zwykle się uspokajam. Tym razem nic nie zadziałało i, no wiesz, słowo na Z".

"Muszę zapytać, ale czy myślisz, że może stało się tak dlatego, że chciałeś uniknąć przesłuchania? Mam na myśli przesłuchanie samego siebie. To nie jest coś, co lubisz robić".

Brandy zabębniła palcami w ramię drzwi. "Nie wskoczyłabym do samochodu z nieznajomym, żeby uniknąć przesłuchania - powiedziała.

"W porządku, kochanie - powiedziała jej matka, wzdrygając się. Znowu powiedziała coś niewłaściwego. Zawsze mówiła niewłaściwe rzeczy, gdy chodziło o... jak to nazwać? Podróżnicze przygody jej córki.

"W porządku, mamo.

Przez chwilę jechały w milczeniu. To była komfortowa cisza.

"Chcę wiedzieć, jak ci pomóc" - powiedziała matka Brandy. "Następnym razem..."

"Wiem, że chcesz, mamo, ale nie ma cię, gdy to się dzieje. Muszę być w stanie poradzić sobie z tym sama".

"Czy jest jakaś jedna rzecz, która zawsze się dzieje - zanim znikniesz?"

"Chciałabym pamiętać, mamo, ale tak jak ostatnio, nie pamiętam. Wyjrzała przez okno, po czym skrzyżowała ręce.

"Cóż, kiedy będziemy w domu, możesz poćwiczyć. Wtedy będziesz jeszcze lepiej przygotowana na jutrzejsze przesłuchanie.

"To było przesłuchanie tylko na jeden dzień. Więc nie ma dla mnie szansy w tym roku. Poza tym tata nie lubi, gdy ćwiczę, zwłaszcza gdy pracuje w domu. Mówi, że boli go od tego głowa".

"Tata nie mówi tego w ten sposób - powiedziała. "Porozmawiam z nim. W końcu chcesz grać na pianinie jako praca, tak? To znaczy pewnego dnia, kiedy skończysz szkołę. Zadzwonię do twojego nauczyciela i poproszę o wyjątek od reguły.

"Chciałabym usłyszeć, jak poszła ta rozmowa!" - zaśmiała się. "Witam, panie Hopper, jestem mamą Brandy, a moja córka, cóż, podróżowała w czasie z nieznajomym w pędzącym samochodzie, a potem umarła. Czy mogłaby jutro wziąć udział w waszym przesłuchaniu?".

"To okrutne - powiedziała jej matka. "Czy zmieniłaś zdanie, że chcesz kontynuować karierę muzyczną? Z pewnością cały czas robią wyjątki dla studentów?".

"Może i tak, ale mnie to nie przeszkadza. Że mnie to ominęło. Zawsze jest następne ucho. Poza tym chciałabym być sprzedawcą, chyba dlatego zawsze wracam do sklepu spożywczego albo odzieżowego. Pamiętasz ten jeden raz?"

Matka skinęła głową.

"Po sklepikarce pianistką, a potem nauczycielką - powiedziała nastolatka, rozprostowując ramiona i obgryzając paznokcie.

Jej matka spojrzała na nią: "Nie kochanie. Obgryzanie paznokci jest takie niehigieniczne". Brandy usiadła na rękach. "W takiej kolejności?" - powiedziała jej matka, śmiejąc się.

"Może w odwrotnej kolejności" - pisnęła Brandy, gdy wjechali na podjazd. "Taty jeszcze nie ma w domu.

Użyła automatycznego otwierania drzwi garażowych, nie odpowiadając córce. Tak, jej mąż znów się spóźniał. Każdej nocy wracał do domu coraz później. Mówił, że praca go zatrzymuje, zmuszając do poświęcania dodatkowego czasu bez płacenia za nadgodziny. Nienawidziła, gdy nigdy nie wracał do domu, oy zobaczyć Brandy przed jej pójściem spać. Przynajmniej mieli przygotowaną przekąskę. Przygotowała kolację dla Brandy i położyła ją w jej pokoju. W ten sposób ona i jej mąż mogliby zjeść kolację razem. To byłaby cudowna noc, tylko we dwoje.

"Weź torby - powiedziała.

"Dobrze, mamo - odpowiedziała Brandy, wchodząc do środka

ROZDZIAŁ TRZYNASTY
OUTBACK

Chłopiec w Outback w północnej części Australii mieszkał w pudełku. Gdy go znaleziono, miał dwanaście lat. Jego ciało było zniekształcone, ponieważ siedział z wygiętymi plecami i kolanami - jak w pudełku. Nawet kiedy go otworzyli i wypuścili.

Nie mógł mówić, albo nie chciał mówić. Dopóki nie zaczął znowu ufać. Wtedy wyciągnął się i jego ciało się rozluźniło.

Wolał ciche głosy, szepczące głosy. Głośne rzeczy, głośne dźwięki jakiegokolwiek rodzaju przerażały go. Trząsł się i zamykał w sobie. Szukał i wołał: "Pudełko!".

Trzymali ją tam, w kącie. Dopóki ludzie w Sydney nie powiedzieli, że nigdy nie wyzdrowieje, jeśli nie zostanie zniszczony.

Pomógł im to zrobić młotem kowalskim, prawie tak dużym jak on. Kiedy został roztrzaskany na drobne kawałki, jego oczy przewróciły się do tyłu i zniknął. Odszedł. Gdzieś w jego umyśle. Nieosiągalny.

Nikt nie wiedział, kim był. Ani do kogo należał. Jacy rodzice zamknęliby swoje dziecko w pudełku, jak zwierzę?

Mimo to nie był głodzony. W każdym razie nie z powodu jedzenia. I nie był odwodniony.

Co oznaczało, że ktoś był w pobliżu. Czekali, strażnicy, oficerowie, aż wrócą - ale nie wrócili. Musieli więc wiedzieć, że pudełko w pudełku się skończyło.

Zespół psychologów ustawił kamery w domu, aby mogli zdalnie obserwować chłopca z Sydney.

Inni, z całego świata, chcieli "włączyć się" w obserwację chłopca. Niektórzy pisali rozprawy na temat znęcania się nad dziećmi, zaniedbania. Walczyli o miejsce na szczycie listy.

Chłopiec kołysał się w przód i w tył bez słowa. "Pudełko!" było jego jedynym wysiłkiem. Ale wiedział, co się dzieje. Słyszał ich szepty. Milionerzy, którzy chcieli go adoptować. Nigdzie się nie wybierał. Miał zostać na miejscu. To był jego dom.

Chłopiec, który nigdy wcześniej nie spał w łóżku - a jeśli spał, to nie pamiętał - nie chciał teraz w nim spać. Zamiast tego zwinął się w kłębek i spał w kącie na podłodze. Przydała mu się poduszka i koc, które dla niego zostawili. Te luksusy pozostały nietknięte.

Podczas gdy decydowano, co z nim zrobić, wyznaczono siostrę. W Australii siostry nazywane są również pielęgniarkami. W niektórych przypadkach siostra jest również siostrą (zakonnicą). Siostra, która jest pielęgniarką, może być również bratem. Jeśli wspomniana siostra/pielęgniarka była mężczyzną.

Siostra/pielęgniarka chłopca była miłą kobietą, która zawsze nosiła włosy spięte w kok. Nosiła biały uniform i pasujące do niego buty, które skrzypiały przy każdym jej kroku.

Za pierwszym razem, gdy próbowała przykryć go kocem, krzyczał, jakby został zaatakowany przez wściekłą chmurę.

"Już, już - powiedziała siostra. Zadrżała, po czym podniosła koc. Zarzuciła go sobie na ramiona, a chłopiec sapnął.

"Jest miękki - powiedziała.

Wtuliła się w niego. Powąchała go.

"Jest bardzo miękki i ciepły - gruchnęła.

Chłopiec wyciągnął rękę i dotknął krawędzi koca. Pogłaskał go, jakby wciąż znajdował się na owcy, od której pochodził.

"Chcesz go?" zapytała siostra.

Przez dwa dni odmawiał, a potem pozwolił jej owinąć go wokół ramion. Potem spał z nią, jakby była żywą istotą. Tulił ją jak dziecko, szeptał do niej. W końcu pocieszył się nim i nie pozwolił siostrze go zabrać ani umyć.

Czwartego ranka wolności chłopca, zwierzęta zaczęły gromadzić się na trawniku przed posiadłością. Najpierw przybyła samica kangura. Wskoczyła na najniższy stopień ganku, po czym usiadła na zadku i obserwowała drzwi. Następnie przyleciał emu i zrobił to samo. Potem przyleciały sroka, kakadu i gala. Ptaki na zmianę śpiewały, a ich głosy zdawały się wołać chłopca za drzwi. Wcześniej nie był skłonny do otwierania drzwi ani wychodzenia przez nie. Kiedy jednak zobaczył zwierzęta i ptaki, bez wahania wyszedł im na spotkanie.

Siostra obserwowała go zza parawanu frontowych drzwi. Nie przepadała za psami, kotami ani ptakami - w rzeczywistości przerażały ją - ale te dzikie zwierzęta ją przerażały. Zaryzykowałaby, gdyby zaszła taka potrzeba. Miała nadzieję, że wkrótce ktoś jej pomoże.

Chłopiec stanął na ganku i odetchnął powietrzem. Otworzył szeroko ramiona, po czym napełnił płuca powietrzem z zewnątrz. Wdychał je łapczywie.

Siostra, która pragnęła, by był jej synem, obserwowała, jak jego klatka piersiowa rozszerza się.

Wtedy to się stało.

Chłopiec zaczął się unosić, jakby był balonem wznoszącym się do lotu, tylko że nie był balonem i nie był na sznurku - był małym chłopcem.

Siostra wybiegła. Kochała go, a on uciekał. Za nią trzasnęły drzwi.

"Zaczekaj!" zawołała, wyciągając po niego chwytające palce.

Chłopiec wymknął się. Jego małe stopy uniosły się. Zabierając go dalej. Trzy ptaki niosły go dalej i dalej.

Chwyciła go, ale był już za daleko. Patrzyła, jak kangurza matka podnosi wzrok.

Chłopiec opadł na ramiona matki. Ona usiadła w górze, z jego ramionami wokół szyi sarny, i odskoczyła. Obok nich podążał emu.

Siostra, nie wiedząc co innego zrobić, pobiegła do środka po kluczyki do samochodu. Odpaliła silnik i ruszyła za chłopcem, aż przestała go widzieć.

Chłopiec, który kiedyś żył w pudełku, został zabrany z ludzkiego świata. Przeszedł do świata, w którym zwierzęta opiekowały się swoimi zwierzętami. A to dziecko było jednym z nich. Był rodziną.

Chłopiec śpiewał piosenki głosami, które znał z głębi siebie. Śmiał się głośno i był szczęśliwy, gdy został przeniesiony do miejsca w swoim sercu. Do miejsca, w którym był tym, kim zawsze miał być.

ROZDZIAŁ CZTERNASTY
SAMOTNY CHŁOPAK

W zakazanym lesie Japonii rozległ się płacz dziecka. Ptaki zebrały się i dołączyły do śpiewu, wzmacniając prośbę samotnego chłopca o pomoc. Przyleciała sowa Scops, odstraszając resztę ptaków. Usiadła w pobliżu, strzegąc i czekając.

Rozległ się alarm samochodowy. Jego zawodzenie zagłuszyło płacz dziecka. Był w foteliku dla niemowląt. Takim, który kiedyś znajdował się na tylnym siedzeniu samochodu.

"Klik, klik" i alarm samochodowy zatrzymał się, na tyle długo, że kierowca usłyszał słaby płacz dziecka. Ona i jej mąż pobiegli do lasu, gdzie znaleźli przerażone i samotne dziecko. Razem go pocieszyli.

Kilka woskownic pozostało, obserwując. Oceniały sytuację. Szeleściły piórami i świergotały. Jakby relacjonowały na żywo uratowanie dziecka.

Kobieta odpięła dziecko. Trzymała go blisko i zadawała mu pytania, na które był zbyt młody, by odpowiedzieć. Pytania takie jak: "Gdzie jest twoja Haha, Ko? Gdzie jest twój Otosan?" (W tłumaczeniu: Gdzie jest twoja matka, dziecko? Gdzie jest twój ojciec?"

Jej mąż przeszukał okolicę. Wołał. Kiedy nikt nie odpowiadał, szukał znaków. Odcisków stóp dorosłych. Żadnych nie znaleziono.

"Żadnych śladów", powiedział, kręcąc głową z niedowierzaniem. Dla niego las nie był ulubionym miejscem. Wolał miasta i hałas. To on przypadkowo włączył alarm samochodowy. Miał nadzieję, że jego żona będzie chciała wyjechać. Obiecał jej lunch w jej ulubionej restauracji. Wtedy usłyszała dziecko i pobiegła do lasu.

Podążył za żoną, dla jej bezpieczeństwa. W mieście unikali miejsc, w których mogły czaić się drapieżniki. Zwabić niczego niepodejrzewających, ufnych ludzi - takich jak jego żona - w niebezpieczeństwo.

Las, ten konkretny las, żył dźwiękiem. Żył światłem. I dziecko, nie mogli go zostawić.

"Chodźmy," powiedział. "Zabierzemy go do szpitala, aby upewnić się, że nic mu nie jest i że policja sprawdzi, do kogo należy.

Przytuliła dziecko do piersi, przesuwając dłonią po plecach, tak jak matka zrobiłaby to z własnym dzieckiem. W jej umyśle był właśnie tym, jej dzieckiem. Dziecko, którego nigdy nie mogła mieć, które wołało ją, a ona przybyła do zakazanego lasu i upomniała się o nie.

"On jest mój - powiedziała, najpierw wyzywająco, a potem łagodniej - To znaczy, nasz. Nasze dziecko. Syn, którego zawsze chciałaś".

Jej mąż spojrzał na chłopca. Potrzebował ich. Był zbyt mały, zbyt młody, by pamiętać cokolwiek wcześniej. Już im ufał. Nikt się nie dowie, pomyślał. A jednak, czy to było słuszne, brać to dziecko jako swoje?

"Nikt by się nie dowiedział", powiedziała jego żona, jakby czytała w jego myślach.

Zdarzało się to często, po dwunastu latach spędzonych razem. Myśleli podobne rzeczy. Mówili w tym samym czasie. Kończyli nawzajem swoje zdania.

Byli kochającą się i stabilną parą. Razem mieli tak wiele do zaoferowania dziecku. Jednak los nie dał im własnego.

Podała dziecko mężowi i czekała.

Ptaki nad nią widziały, jak drżą jej ręce. Śpiewały, zachęcając ją do wzięcia dziecka. Pomagając mu zdecydować, że dziecko jest teraz ich.

Przyjęła je już do swojego serca i duszy. Podobnie jak jej mąż, ale był rozdarty między egoizmem. Chciał postąpić właściwie, a nie samolubnie.

"Czy chciałbyś zamieszkać z nami?" - zapytał dziecko.

Chociaż nie odpowiedział, cała trójka wróciła na parking. Położyli chłopca na środku tylnego siedzenia, z dala od poduszek powietrznych.

Ptaki i sowa przytaknęły, po czym odleciały do lasu.

ROZDZIAŁ PIĘTNASTY

KOBIETA

Stara kobieta kołysze się na krześle, tam i z powrotem, tam i z powrotem. Jej wspomnienia są ulotne jak chmury. Często poza zasięgiem.

Dezorientacja wkracza do środka. Wkrótce zastąpi wszystko w jej umyśle nicością.

Demencja nie wybiera swoich ofiar zgodnie z pragnieniami lub potrzebami chorego. Jej celem jest dezorientacja. Wyobcować. Wymazać.

Stawiała temu czoła, aż do pewnego dnia, kiedy wszystko poszło jak z płatka.

Tak to teraz nazywała, topsy-turvy. W skrócie T/T. Druga rzecz była zła i stawała się coraz gorsza. Ale topsy-turvy oznaczało, że nie była szalona, a co więcej, oznaczało, że nie była sama - już nie.

W swoim umyśle widziała wszystko. Czasami działo się to w zwolnionym tempie, jakby kliknęła przycisk na pilocie. Czasami sceny odtwarzały się w kółko, do tyłu, do przodu, w pętli. Innym razem była w samym środku wydarzeń, obserwując je z pierwszej ręki jak reporter.

Kiedy zdarzyło się to po raz pierwszy, bała się, że zostanie zraniona lub zabita. Była świadkiem rzeczy, które kręciły włosy. Ale kiedy zdała sobie sprawę, że ci wokół niej nie mogą jej zobaczyć ani usłyszeć, była w stanie się zrelaksować. Z wyjątkiem archaniołów, wiedzieli, że tam jest, ale nie pozwolili, by jej obecność była znana innym.

Jak wtedy, gdy jej umysł poleciał do Holandii. Usadowiła się, obserwując małą dziewczynkę. Płakała, gdy dziecko straciło wzrok. Czuła się bezradna, ponieważ nie była w stanie zrobić nic poza obserwowaniem. Z czasem i to się zmieniło.

Potem Lia i E-Z zaprzyjaźnili się, a do tego grona dołączył łabędź Alfred. Obserwowała ich, podsłuchiwała. Czuła się jak niewidzialny, niesłyszalny członek ich zespołu. Patrzyła, jak pracują razem i stają się silnymi przyjaciółmi.

Nagle przemówiła do Lii w myślach, a dziewczynka odpowiedziała. Przed Rosalie otworzył się zupełnie nowy świat.

Na początku ich rozmowa była nieco ograniczona. Mimo dużej różnicy wieku, obie miały kilka wspólnych cech. Na przykład miłość do baletu.

Odkąd archaniołowie zmienili zasady, Rosalie jeszcze bardziej obserwowała Trójkę. Jednak te wymiany zdań nie były wystarczające, by zająć jej umysł.

Wtedy Rosalie odkryła Innych. Dzieci z unikalnymi zdolnościami w innych częściach świata - i mogła z nimi rozmawiać.

Najpierw była Brandy, nastolatka mieszkająca w USA. Następnie pojawiła się komunikacja z Lachie, znanym również jako Chłopiec w Pudełku. Trzeci, ale nie ostatni, był Haruto, który mieszkał w Japonii. Haruto był najmłodszy ze wszystkich. Cała trójka dzieci miała zdolności. A ona była samotnym łącznikiem.

Na razie Lia utrzymywała ją w kontakcie z Alfredem i E-Z, ale wkrótce będzie musiała powiedzieć im wszystko o pozostałych.

Rosalie zadrżała, gdy służący przynieśli jej jedzenie. Czerwona galaretka. Jej ulubiona. Zjadła pierwszą po polaniu jej śmietanką. Śmietanki, która powinna trafić do jej kawy.

W myślach podziękowała dziewczynie, która dostarczyła jedzenie, ponieważ Rosalie nie mogła mówić. Nie była w stanie mówić. Jej jedynym sposobem komunikacji był umysł...

Wezwanie Trójki do odwiedzenia jej w Rezydencji Seniorów nie wydawało się właściwym posunięciem. Na razie pozwoliła Lii trzymać ją w tajemnicy, a sama robiła notatki o Brandy, Lachie i Haruto i zapisywała je w książce.

Musiałaby to ukryć przed archaniołami. Prowadziłaby tajne akta. Nie zamierzała stracić z oczu tych dzieciaków, bez względu na wszystko.

"OH!" wykrzyknęła, sięgając do górnej szuflady stolika nocnego obok łóżka. Przypomniała sobie o prezencie. Notatnik z napisem "Wszystkiego najlepszego z okazji urodzin!".

Nabazgrała kilka pierwszych stron. Nie tworzyła żadnych prawdziwych słów, a kiedy dotarła do trzynastej strony. Trzynastka zawsze była dla niej szczęśliwą liczbą, więc zaczęła pisać o Brandy, Haruto i Lachie. Było tyle do napisania. Kiedy rozbolała ją ręka, przestała, rozprostowała ją na chwilę, po czym wróciła do pisania.

Rosalie zastanawiała się, czy oprócz tej trójki są jeszcze inne dzieci. Gdyby chwilę poczekała, one też mogłyby się odezwać. Lepiej byłoby zdradzić jej sekret, kiedy wszystkie dzieci się ujawnią.

Rosalie uważała, by nie napisać "Sekret" lub "Prywatne" na zewnętrznej stronie książki. Cieszyła się, że nie ma do niej klucza. Te trzy rzeczy sprawiłyby, że każdy, kto zobaczyłby notatnik, chciałby go przeczytać. Byłby ciekawy jak kot. Było wielu ludzi w jej wieku, którzy byli ciekawi. Ale nie chcieliby czytać po zobaczeniu pierwszych trzynastu niechlujnych stron.

Przewróciła książkę do końca. Rosalie wypełniła ostatnie trzynaście stron jeszcze bardziej niechlujnym pismem. Następnie włożyła książkę i długopisy z powrotem do szuflady i zamknęła ją.

Uśmiechnęła się, oparła na poduszce i oparła rękę, myśląc o kolacji. Głównie o deserze.

ROZDZIAŁ SZESNASTY
ZŁY VS. PRAWDA

Istnieje jeden świat, w którym żyjemy, świat pełen zarówno dobrych, jak i złych ludzi. Świat kontrolowany przez istoty ludzkie, które są wadliwe i niedoskonałe. Ludzi, którzy nie są robotami... Nie są zaprogramowani na bycie dobrymi lub złymi.

Uczymy się naszego życia na podstawie tego, co widzimy, co zauważamy, czego jesteśmy uczeni i czym się stajemy.

Uczymy się na fundamentach, które zostały dla nas stworzone. Gdy rośniemy i poszerzamy nasze horyzonty, musimy dokonywać wyborów.

Od nas zależy, czy zastosujemy zdobytą wiedzę. Wybierać między złem a dobrem.

Przez wieki wielcy ludzie byli oszukiwani. Wielcy i potężni ludzie. Nawet dorośli.

Czasami decyzja jest łatwa. Bez szarych stref. Czasami są siły poza naszą kontrolą, które nas prowadzą. Inni zmuszają nas do przestrzegania ich kodeksu etycznego. Czasami pojawiają się nieoczekiwane elementy.

Powiedzmy, że jesteśmy na ścieżce, a ktoś stawia blokadę. Możemy ją usunąć lub zatrzymać się i poczekać, aż ta osoba ją usunie. Możemy wybrać.

Życie polega na dokonywaniu wyborów. Wybory, których dokonujemy, mogą ustawić nas na całe życie. Podążamy tą drogą, z cegłami ułożonymi z naszych dobrych decyzji.

Albo możemy dać się sprowadzić na manowce. Dać się oszukać. Oszukani, by postąpić wbrew temu, co wiemy, że jest prawdą.

Kiedy tak się stanie, wszystko może się przewrócić - jak kostki domina.

I będą konsekwencje naszych działań - lub zaniechań. Nie tylko dla nas samych. To, co robimy, wpływa na innych.

I w końcu, po śmierci, wszyscy jesteśmy złapani i trzymani w ramionach naszych Łapaczy Dusz.

Furie - trzy złe boginie - przejmują kontrolę nad łowcami dusz.

Łapacze Dusz zostają porwane.

Dusze latają bez domu.

Bezdomne dusze.

Na horyzoncie widać chaos.

Gdzie staniesz?

ROZDZIAŁ SIEDEMNASTY

ROSALIE W BIAŁYM POKOJU

Rosalie otworzyła oczy. Była pora posiłku i poprosiła o tacę śniadaniową. Jej pokój znajdował się po drodze do jadalni. Kiedy przynieśli tam jedzenie, poczuła zapach bekonu. Sprawiłoby to, że jej usta nabrałyby wody. I kawę. Czekała na swoją kolej. Nie miała wyboru, musiała czekać na swoją kolej.

Wiedziała, że wolą karmić mieszkańców w jadalni. Rozumiała potrzebę trzymania się harmonogramu. Mimo to wiedziała, że w końcu się do niej odezwą. W domu spokojnej starości, w którym mieszkała, zawsze to robili.

Obserwowała kardynała na drzewie za oknem i rozważała wstanie z łóżka, aby przyjrzeć mu się bliżej.

Ale kiedy odrzuciła kołdrę i zeszła na dywan - poczuła się dziwnie. Rozmyta.

I wylądowała w Białym Pokoju.

Nic się nie zmieniło, odkąd E-Z tam była. Rosalie nie potrzebowała wiele czasu, by odnaleźć się na nogach i rozpocząć eksplorację.

Gdy przesuwała palcami po półkach z książkami, miała wrażenie deja vu. Czy była już kiedyś w tym pokoju?

Przeszła na środek pokoju i odwróciła się. Regały ciągnęły się w nieskończoność. Jak okiem sięgnąć. Ich wysokość sprawiła, że poczuła zawroty głowy i zapragnęła usiąść i złapać oddech.

BINGO

Pojawiło się wygodne krzesło, a ona opadła na nie. Odchyliła się do tyłu, a potem zdając sobie sprawę, że ma kółka i może się obracać, obróciła je. I tak w kółko. Potem zamknęła oczy i odpoczęła. Cieszyła się, że nie jadła jeszcze śniadania, ponieważ jej żołądek był nieco mdły, gdy nad nią coś się poruszyło.

A może jej się wydawało.

"Ty tam!" krzyknęła, wskazując na nic i na nikogo. "Widziałam, jak się ruszasz, ty, ty mały... czymkolwiek jesteś, wyjdź, wyjdź - prosiła.

Decydując, że to sobie wyobraziła, wróciła do badania otoczenia. I zastanawiała się, jak znalazła się w tym miejscu.

"Czy wróciłam do swojego pokoju, wyobrażając sobie, że jestem w tym miejscu?". Wbiła paznokcie w ramiona krzesła. Patrzyła, jak zdrapują ślady na skórzanej powierzchni. Były to lekkie zadrapania, na tyle lekkie, że można je było usunąć niewielkim pocieraniem. W końcu była gościem, a goście zawsze powinni dbać o miejsce, które odwiedzają. W przeciwnym razie nie zostaną ponownie zaproszeni.

Nad nią znów coś się poruszyło. Tym razem towarzyszył temu odgłos trzepotu skrzydeł. Czy jakiś ptak był tam uwięziony, nie mogąc się wydostać?

"Już idę, maleńka - powiedziała, wstając i idąc w kierunku drabiny.

Drewniana konstrukcja, jakby potrafiła czytać w jej myślach, przetoczyła się po podłodze i zatrzymała u jej stóp.

"Wskakuj! - powiedziała.

Rosalie wskoczyła i dopiero gdy sama się przesunęła, zdała sobie sprawę, że coś do niej mówiło.

"Dziękuję - powiedziała, gdy pojazd się zatrzymał.

"Nie ma za co - odpowiedziała drabina. "Jakiej książki szukasz w szczególności?

Rosalie roześmiała się. "Myślałam, że słyszę ptaka. Cicho.

Drabina roześmiała się. "Tu nie ma ptaków, madame. Dźwięk, który słyszysz, pochodzi z książek".

"Książki ze skrzydłami?" "Tak" - odpowiedziała drabina. A potem: "Ty tam! Podejdź tu!"

Rosalie patrzyła, jak gruba, czarna książka wsuwa się na krawędź półki. Następnie z jej przedniej i tylnej części wyrosły skrzydła. Poleciała w dół i wylądowała w rękach Rosalie.

"Ojej!", powiedziała, patrząc na grzbiet. "Chyba już ją czytałam".

DWOJENIE.

Książka wyrwała się z jej rąk i wróciła na swoje miejsce na półce.

"Przepraszam - powiedziała Rosalie. A potem do drabiny: "Mam nadzieję, że nie obraziłam pana Dickensa".

"Jeśli już ze mną skończyłaś," powiedziała drabina, "mogę zasugerować, żebyś zeskoczyła?".

"Przepraszam, że zmarnowałam twój czas" - powiedziała.

"Wcale nie. Cieszę się, że mogłam ci pomóc.

Rosalie zeszła na dół, a drabina pomknęła na drugą stronę pokoju.

Rosalie pomacała się po czole, nie, nie była rozgorączkowana. Poziom cukru we krwi musiał spaść zbyt nisko. A teraz nie będzie mogła jeść przez wiele godzin. A ta złodziejka Agnes Lindsay ukradnie jej śniadanie. Zakradłaby się do jej pokoju i zjadła każdy kawałek. Kiedy personel wracał po tacę, myślał, że Rosalie je zjadła. Rosalie i Agnes były zaprzysięgłymi wrogami.

Aby oderwać myśli od burczącego brzucha, Rosalie skupiła się na książkach. W szczególności na jednej. Książce, którą uwielbiała czytać w kółko, gdy była małą dziewczynką. Nazywała się Ania z Zielonego

Wzgórza i została napisana przez... Nie mogła sobie przypomnieć nazwiska autorki.

"Lucy Maud Montgomery" - powiedziała drabina, podchodząc do niej. "Wskakuj - powiedziała.

"Dziękuję za propozycję, ale jestem zbyt głodna i może zbyt oszołomiona, by się na ciebie wspiąć.

"Usiądź", powiedziała drabina, "tam". Wtedy drabina zagwizdała i wysoko na półkach pojawiła się książka. Z przodu i z tyłu wyrosły jej skrzydła i poleciała w ręce Rosalie. Przytuliła ją do piersi.

"Dziękuję - powiedziała.

"Czy to wszystko? - zapytał drab.

"Tak, chyba że masz dodatkową parę okularów do czytania ukrytych gdzieś w tym pokoju".

BINGO.

Jej okulary pojawiły się i siedziały idealnie prosto na jej nosie.

Drabina wróciła do swojej poprzedniej pozycji.

Rosalie bolały kostki.

BINGO.

Pod jej stopami pojawił się stojak.

Otworzyła książkę. W środku znajdował się szkic imienniczki książki, Anne Shirley. Przejechała palcem wzdłuż rudych włosów małej sierotki.

Anne mrugnęła do Rosalie. Ta zamrugała i uśmiechnęła się w odpowiedzi. Słyszała już o interaktywnych książkach, ale ta była wyjątkowa!

Drżącymi dłońmi rozłożyła mapę Kanady, jej oczy podążały za strzałkami, które prowadziły do Wyspy

Księcia Edwarda. W myślach przemierzyła odległość, docierając do Zielonego Wzgórza. Przed domem stali Cuthbertowie. Czekali na Anne.

Odwróciła stronę i zaczęła czytać. Śmiała się z każdej wpadki Anny.

Potem Rosalie zaburczało w brzuchu i zapragnęła czegoś, co nie przypominało śniadania. Sałatkę z galaretką. Coś, co jej matka robiła na specjalne okazje, gdy była małą dziewczynką. Jej ulubioną częścią była bita śmietana na wierzchu.

BINGO.

Miała przed sobą tęczową sałatkę z galaretki z bitą śmietaną na wierzchu. Pomyślała o łyżce i

BINGO.

Pojawiła się jedna. Ale potem przypomniała sobie, jak jej matka i ojciec zbesztali ją, jeśli najpierw zjadła deser. Pomyślała o tłuczonych ziemniakach. Gorące, z masłem topiącym się na wierzchu. Aha, i klopsiki z ketchupem. I groszek świeżo zerwany z ogrodu.

BINGO.

Przed nią stała ogromna miska tłuczonych ziemniaków. Masło rozpływało się po bokach. To było dzieło sztuki. Wyglądało prawie zbyt dobrze, by je zjeść.

Obok leżał kwadrat klopsa z ketchupem na wierzchu.

A w osobnej miseczce groszek. Z gałązką mięty na wierzchu.

Uśmiechnęła się. Jako mała dziewczynka nie lubiła dotykać jedzenia. W tym pokoju szef kuchni wiedział, co lubi.

Ale zapomniał dać jej przybory do jedzenia. Wyobraziła sobie nóż i widelec.

BINGO.

One również dotarły. Jadła łapczywie. Uważaj, żeby nie uszkodzić Ani z Zielonego Wzgórza. Książka, wyczuwając potrzebę ochrony, uniosła się i zawisła w powietrzu, gdzie Rosalie mogła ją łatwo dosięgnąć.

Rosalie zjadła wszystko, łącznie z sałatką z galaretki, która podskakiwała na łyżce.

Kiedy skończyła

BINGO

naczynia, sztućce itp. zniknęły.

Po kilku chwilach wdzięczności za jedzenie, które otrzymała, spojrzała na książkę.

Jeśli do niej poleciała, wznowiła czytanie.

Czytała i czekała.

Na co lub na kogo czekała - nie wiedziała.

ROZDZIAŁ OSIEMNASTY

CHARLES DICKENS

W Londynie, w Anglii, z nieba spadł metalowy kontener.

Sam pojemnik nie był długi ani podobny do silosu. W rzeczywistości najbardziej przypominał kapsułę. Różnica polegała na tym, że ten przedmiot miał kwadratowy kształt i nie miał okien. Zamiast okien miał lustrzane odbicia ze wszystkich stron. Również będąc płaskim, kiedy uderzył w wodę, ślizgał się po niej z ogromną siłą. Wylądował na brzegu Tamizy.

Wszystko to obserwowało dwóch detektorystów o imionach John i Paul. Obaj mężczyźni byli po trzydziestce. Utrzymywali się z pracy detektorystów. Dlatego też byli uważani za profesjonalnych detektorystów.

Godziny pracy detektywów były różne. Byli samozatrudnieni i odpowiedzialni za utrzymanie i zarządzanie swoimi narzędziami.

Detektyw potrzebował wielu narzędzi. Nie chciał wychodzić na wykopaliska nieprzygotowany. Większość z nich nosiła ze sobą wszędzie skrzynkę z narzędziami. W środku znajdowały się niezbędne przedmioty. Aby wymienić tylko kilka: słuchawki, osłony przeciwdeszczowe, uprzęże, narzędzia do kopania, kielnie, pas narzędziowy, fartuch (z kieszeniami), wodoodporna torba, plecak, worek na śmieci.

Większość wykopalisk Johna i Paula odbywała się w Londynie, nad Tamizą. Zgodnie z wymogami prawa posiadali oni zezwolenia Standard i Mudlark. Zostały one przyznane przez Port of London Authority.

Zezwolenie pozwalało im kopać do głębokości 7,5 cm, jeśli było to wymagane (drabina była niezbędna niezależnie od tego, czy zamierzałeś kopać, czy nie).

W przypadku kwadratowego obiektu, który wylądował przed nimi, trzeba było trochę pomyśleć. Zanim go przynieśli i zgłosili roszczenie.

"Masz ochotę przyjrzeć się bliżej?" zapytał Paul.

John, który niewiele mówił, skinął głową.

Ruszyli naprzód z narzędziami w rękach. Ich kalosze zgniatały i gniotły, wypierając błoto i wodę z każdym krokiem. Brzeg rzeki był często bardzo błotnisty po kilku dniach ciągłych opadów deszczu.

"Roszczenie!" powiedział Paul.

"W porządku - odparł John.

Chociaż obaj widzieli to dokładnie w tym samym czasie, wiedział, że jest to również roszczenie w jego imieniu. Byli partnerami, zawsze nimi byli i nic tego nie zmieni.

Obaj szli dalej, aż do niego dotarli. Była jak kwadratowa lustrzana kula, a kiedy próbowali ją zbadać, widzieli w niej tylko własne odbicia.

"Muszę się ostrzyc - powiedział John.

Paul zadrwił, dotykając jej boku czubkiem buta. "Musi być jakiś sposób, żeby to otworzyć - powiedział.

"Jest za duży, żebyśmy mogli go przewrócić - powiedział John, wyjmując z kieszeni taśmę mierniczą i mierząc wysokość jednego boku. Pokazał wynik Paulowi, który wynosił 60 centymetrów.

Obeszli obiekt dookoła. Od czasu do czasu zatrzymywali się, by postukać. Ostrożnie, by nie zostawić brudnych odcisków palców na lustrzanym obiekcie. Ale mieli nadzieję, że dotkną tajnego przycisku i go otworzą.

I nasłuchiwał. Aby upewnić się, że nie tyka.

"Może powinniśmy zanieść go do muzeum albo zgłosić nasze odkrycie? zasugerował Paul. "Wysłaliby ciężarówkę albo dźwig, żeby to podnieść i przetransportować. Po tym, jak saperzy się temu przyjrzą".

John potrząsnął głową.

"Jeśli przyślą saperów, wysadzą to w powietrze. Potłuczone szkło będzie wszędzie, a nasze roszczenie będzie bezużyteczne.

"Prawda, prawda - powiedział Paul. "Ci faceci uwielbiają wysadzać rzeczy w powietrze. To chyba ich zaleta, prawda?"

"Tak sądzę. Co powinniśmy teraz zrobić? Nie tyka. Pod tym względem wszystko jasne.

"Tak. Nie potrzebujesz oddziału - powiedział Paul. Obszedł obiekt dookoła, trzymając ręce za plecami. To był jego przemyślany chód. John szedł za nim, dostosowując się do jego kroków, z rękami za plecami.

Musimy się dowiedzieć, co to jest i ile ma lat. Zgodnie z ustawą o skarbach z 1996 r. musimy zgłosić tylko niektóre rzeczy. Nie wygląda na złoto ani srebro i zdecydowanie nie ma ponad trzystu lat. To znalezisko może być nasze i tylko nasze, tzn. nie musimy zgłaszać go do naszego lokalnego FLO (Finds Liaison Officer).

"Zdecydowanie nie jest to złoto ani srebro - powiedział John, pukając w metalowy przedmiot i nasłuchując. Brzmiał pusto. Postukał w kilka miejsc i nasłuchiwał.

Nad nimi pojawiły się dwa światła.

Jedno było zielone, a drugie żółte.

Wylądowały na szczycie obiektu.

"Sio!" powiedział Paul.

"Czy my oszaleliśmy?" zapytał John, drapiąc się po głowie.

"Nie sądzę - odpowiedział Paul.

Światła uniosły się i popłynęły dookoła. Oba opadły na dno kontenera. Kiedy już osiadły, światła uniosły je i utrzymały w miejscu. Kilka sekund później zaczął się obracać, najpierw powoli, potem coraz szybciej. Wkrótce obracał się z ogromną prędkością. Obracając się, zaczął śpiewać wysokim głosem.

Detektywi upadli na kolana i zakryli uszy dłońmi. Ich ciałami wstrząsały mdłości, podobne do choroby morskiej. I bardzo się bali.

"Co się dzieje?!" wrzasnął John.

"Myślę, że coś się wykluwa!" odpowiedział Paul.

Gdy pojemnik spadł na ziemię, zapulsował. Drgnął. Zadrżał. Kiedy lustrzane pudełko otworzyło się, jego część opadła jak most zwodzony na trawiasty brzeg rzeki.

"Arrrgggggh!" krzyknęli detektoryści.

Czekali, patrząc przez przestrzeń między palcami. Nie byli już zainteresowani odebraniem przedmiotu. Nie interesowała ich już jego wartość.

Pojawił się młody chłopak.

"To dziecko - powiedział Paul, wstając.

John również wstał i położył ręce na biodrach.

"Zaczekaj - powiedział Paul. "Jest ubrany jak jeden z tych Oliverów Twistów".

"Narodziłem się na nowo" - wykrzyknął chłopak, przechylając czapkę, a następnie wkładając ją z powrotem na głowę. Przeciągnął się, ziewnął, po czym spojrzał na otoczenie. "Spójrz tam! Budynki Parlamentu. Zmieniły się od czasu, gdy widziałem je po raz ostatni. I słuchaj - powiedział, gdy zegar wybił raz, dwa, trzy razy. "Dlaczego umieścili Wielki Dzwon w klatce?" zapytał.

"Jak to w klatce? Nazywa się Big Ben - odpowiedział Paul. "I dlaczego jesteś tak ubrany? Bierzesz udział w balu przebierańców?".

Chłopak poklepał przód swojej kamizelki. Sprawdził, czy kamizelka jest w pełni zapięta i czy nogawki spodni są całkowicie opuszczone. Był bardziej przyzwyczajony do noszenia krótkich spodni, a te dłuższe zawsze chciał zawiązać. Na głowie miał kapelusz, który zdjął zanim ponownie się odezwał.

"Znasz drogę do Portsmouth? - zapytał. "Matka i ojciec będą się o mnie martwić".

Detektywi spojrzeli na siebie, ale żaden się nie odezwał. Po raz pierwszy w życiu zaniemówili.

"Wychodzę - powiedział chłopak, ponownie zakładając kapelusz.

POP.

POP.

Pojawili się Hadz i Reiki, którzy zablokowani przelecieli tuż przed oczami młodego chłopca.

"Charlesie Dickensie, musisz zostać z tymi dwoma mężczyznami. Zabiorą cię tam, gdzie musisz być. Musisz być z E-Z.

"Co oni powiedzieli?" powiedział John, pocierając uszy. "Chyba oszaleję."

"Powiedzieli, że to Charles Dickens. Charles Dickens! I mamy mu pomóc dostać się do E-Z, kimkolwiek jest, kiedy jest w domu" - odpowiedział Paul.

Charles Dickens. Charles Dickens. Inaczej znany jako daleki krewny E-Z i Sama... Pochylił czapkę w stronę dwóch wróżkopodobnych stworzeń. "Miałem kiedyś książkę Grimma z wróżką na okładce. Znacie go?" zapytał.

Hadz i Reiki zachichotały, po czym zniknęły.

POP

POP.

Charles Dickens ponownie założył kapelusz: "Wyruszam do Portsmouth". Zaczął iść.

"Nie, nie jesteś" - powiedzieli zgodnie detektywi.

"Oczywiście, że tak - powiedział.

"Portsmouth to kawał drogi - powiedział John.

Za nimi lustrzany sześcian zaczął się trząść i grzechotać. Następnie przemówił: "Ten cybus autem speculatam ulegnie samozniszczeniu za 5, 4, 3, 2, 1, 0".

Detektywi uderzyli o ziemię, zakrywając głowy rękami.

POOF.

I już go nie było.

"Whew!" powiedział Dickens. Następnie wskazał na London Eye. "Co to, u licha, jest?" - zapytał.

Detektywi pobiegli przed Charlesem. Prowadzili i oczyszczali ścieżkę. Niczym dwaj obrońcy piłki nożnej zapewniali mu bezpieczeństwo. Unikali rowerów, pieszych i bezpańskich psów. Kierowali go na inne ścieżki, aby uniknąć tramwajów, taksówek i skuterów.

"Nazywa się London Eye i możesz tam zobaczyć wiele kilometrów".

"Czy jest szansa, że wkrótce coś zjemy? zapytał Charles, pocierając swój żołądek.

"Może najpierw wpadniesz do nas i napijesz się herbaty - zapytał Paul. "Moja mama robi świetną herbatę i może nawet dorzuci ciastko lub dwa.

"Brzmi nieźle - powiedział Dickens. "Potem będę musiał wrócić do domu. Matka będzie się zastanawiać, gdzie jestem. Nie powinienem zostawać do późna, a biorąc pod uwagę, gdzie jest słońce, spodziewam się, że wkrótce zajdzie.

Gdy zbliżyli się do Convent Gardens, Dickens zauważył tablicę pamiątkową. "Spójrz tutaj", powiedział. "Tu jest napisane moje imię".

John i Paul spojrzeli na Charlesa Dickensa.

"Co?" - powiedział.

"Będziesz najsłynniejszym brytyjskim pisarzem wszech czasów" - powiedział John. "A Oliver Twist jest jedną z twoich najbardziej znanych postaci".

"Czyżby?" zapytał Charles.

"Tak jest" - powiedział Paul. "Nie chcę cię urazić, ale wiesz, William Shakespeare też jest dość sławny - powiedział Paul.

"Szekspir był dramaturgiem. Czy ja pisałem sztuki?" zapytał Charles.

"Nie, pisałeś powieści. Więc może miałeś rację".

Dotarli do domu Paula, "Mamo, to jest Charles Dickens", powiedział.

Była w kuchni, miała na sobie pinny (fartuch) i wytarła w niego ręce, zanim uścisnęła dłoń Charlesa.

"Czy jesteś spokrewniony z Karolem Dickensem?" zapytała mama Paula.

"Miło cię znowu widzieć - powiedział John, zmieniając temat. "Czy mógłbym być tak niegrzeczny i poprosić o filiżankę herbaty z chlebem i masłem?

"Wejdźcie i usiądźcie, zaraz przyniosę - powiedziała, wypraszając ich z kuchni.

Usiedli we frontowym pokoju. Paul usiadł blisko okna, aby móc patrzeć przez siatkowe zasłony.

W międzyczasie John i Paul myśleli w podobny sposób. O tym, jak odkryli Charlesa Dickensa i jak mogliby na tym zarobić.

Paul zapytał, kiedy zmarł Charles Dickens? Odpowiedź: 1870. Pokazał ekran Johnowi.

"Dlaczego chciałeś pojechać do Portsmouth?" zapytał John.

"Kiedyś tam mieszkałem" - odpowiedział Charles.

"Czy masz już jakieś książki" - zapytał Paul. "Mam na myśli książki, których jeszcze nie opublikowałeś?".

"Nie wiem - odpowiedział Charles. "Czy napisałem wiele książek?"

"Tak, na pewno masz Charlesa" - powiedział John.

"Jakieś dobre?" zapytał Charles.

"Czytałem Olivera Twista, kiedy byłem mały, a także Wielkie oczekiwania. Doskonałe, ale trochę za długie jak na mój gust" - powiedział Paul.

"Opowieść wigilijna była dobra" - powiedział John - "Niezbyt długa i doskonała lekcja".

Pokój był cichy przez kilka minut.

"Muszę znaleźć tego Ezekiela Dickensa - lub jak jest znany przyjaciołom E-Z - powiedział Charles. "Nie wiem skąd to wiem, ale wydaje mi się, że mieszka w Ameryce. Ziewnął i z trudem otworzył oczy.

Mama Paula weszła, niosąc tacę wypełnioną smakołykami. Wszyscy jedli do syta i wkrótce Charles zasnął na krześle.

"Ach, ten maluch smacznie śpi" - powiedziała mama Paula, okrywając go kocem.

"Jest taki mały - powiedziała.

"Ale jest jednym z największych pisarzy.

John wtrącił: "Pisanie ma we krwi, więc pewnego dnia może zostać wielkim pisarzem".

Mama Paula roześmiała się, po czym poszła na górę do swojego pokoju, by pooglądać telewizję.

W międzyczasie Paul i John dyskutowali o tym, co powinni zrobić z Charlesem Dickensem.

"Szkoda, że nie możemy go zatrzymać" - powiedział John.

"Cóż, nie sądzę, by muzeum go przyjęło" - powiedział Paul.

Obaj zgodzili się poszukać informacji na temat Charlesa Dickensa w Internecie.

POP

POP.

John i Paul wpatrywali się przed siebie, jakby spali. Mimo że byli daleko. Hadz i Reiki zaśpiewali im piosenkę, która brzmiała mniej więcej tak:

"Charles Dickens jest tylko chłopcem.

Nie jest zabawką detektywistyczną.

Pomóż mu znaleźć kuzyna w USA.

Zrób to rano albo każemy ci zapłacić!".

Ta piosenka krążyła w kółko w głowach Johna i Paulsa, dopóki nie wiedzieli, co muszą zrobić.

"Znajdziemy E-Z Dickensa", powiedział Paul.

"Tak, to właściwe posunięcie" - powiedział John.

POP

POP.

I już ich nie było.

ROZDZIAŁ DZIEWIĘTNASTY

ROSALIE JEST ZNUDZONA

Rosalie była coraz bardziej zmęczona czytaniem Ani z Zielonego Wzgórza. Im starsza się stawała, tym trudniej było jej skoncentrować się na jednej rzeczy przez dłuższy czas. Zdjęła okulary i zapragnęła mieć lawendową maskę, by zakryć oczy.

BINGO.

Miękka maska z unoszącym się zapachem lawendy blokowała światło i koiła jej zmęczone oczy.

"To tak, jakby był tu magiczny dżin!" - powiedziała, po czym zamknęła oczy i zasnęła.

Kiedy obudziła się jakiś czas później i zdjęła maskę, była z powrotem w swoim łóżku w rezydencji seniora. Czy oszalała, czy też odbyła podróż w swoim umyśle?

Rosalie poczuła chłód, prawdopodobnie z powodu sterylnego otoczenia, w którym przebywała. O pewnych porach dnia temperatura spadała.

Zauważyła wtedy, że mieszkańcy są w swoich pokojach, a personel sprząta. Ponieważ ciężko pracowali, nie zauważali zimna. Nie tak jak seniorzy, którzy nic nie robili.

BINGO.

Dolna szuflada jej szafy otworzyła się, a miękki i puszysty czerwony sweter poleciał w jej stronę. Ustabilizował się, gdy włożyła w niego ręce. Przytuliła się do niego, czując jego ciepło, gdy zapinał się na guziki.

"To dość dziwne wydarzenie" - powiedziała.

Siedziała cicho, marząc o filiżance gorącej herbaty z dużą ilością cukru i mleka.

BINGO.

Na pobliskim stoliku pojawił się fantazyjny czajniczek z kwiatami. Kiedy herbata się zaparzyła, nalała ją do pasującej filiżanki, dodała dwie kostki cukru i odrobinę mleka.

"Poproszę trzy kostki - poprosiła Rosalie.

Trzecia kostka została dodana.

Filiżanka herbaty na spodku uniosła się w jej stronę.

"Co powiesz na kruche ciasteczko lub dwa? - zapytała.

Filiżanka zatrzymała się w powietrzu.

BINGO.

Na spodku leżały teraz dwa kruche ciasteczka.

"Zapomniałaś o łyżeczce!"

BINGO.

"Dziękuję" - powiedziała, wciąż zastanawiając się, czy ma halucynacje i/lub traci zmysły.

Herbata była gorąca, ale nie za gorąca. Słodka, ale nie za słodka. I świetnie pasowała do kruchego ciasta.

Kiedy wypiła ostatnią kroplę z filiżanki....

BINGO

zniknął z jej dłoni.

Zastanawiała się, jak długo potrwają te magiczne sztuczki lub sztuczki jej wyobraźni. Póki trwały, chciała się nimi w pełni cieszyć.

"Poczekaj chwilę!"

Przypomniała sobie o książce. Tę, której nie chciała, by ktokolwiek mógł przeczytać.

"Czy możesz," zapytała powietrze, "Naprawić to tak, aby druga osoba mogła przeczytać moją książkę." Sięgnęła do szuflady i podniosła ją. "Więc jedynymi, którzy mogą ją przeczytać, oprócz mnie, są Lia, Alfred i E-Z. Nikt więcej. Jeśli ktokolwiek inny ją znajdzie i przewróci strony, wszystkie będą puste.

Czekała na jakiś znak. Albo odgłos, ale żaden nie nadszedł.

Odłożyła książkę do szuflady, odwróciła się i ponownie zasnęła.

POP

POP

"Czy ona już śpi?" zapytał Hadz.

"Myślę, że tak. Chrapie!"

"Uważaj, żeby jej nie obudzić. Ale musimy wprowadzić ją na pokład - to znaczy, oficjalnie.

"Archaniołowie dali jej moce, by pilnowała Lii, E-Z i Alfreda. Wiedzą o niej," przypomniała Reiki.

"To prawda, a ona będzie lojalna wobec tych dzieci. I pozostałym. Archaniołowie nie znają szczegółów na ich temat - i myślę, że tak jest lepiej.

"Zgoda. Więc co musimy zrobić. Aby tak się stało?

"Rosalie - szepnął Hadz wprost do jej lewego ucha. "Chcesz pomóc Lii, E-Z i Alfredowi, prawda?

"Tak - gruchnęła Rosalie.

Reiki przemówiła. "A co z pozostałymi? Czy chcesz ich chronić? Nawet przed archaniołami?

"Tak - odpowiedziała Rosalie.

"Bardzo dobrze - powiedziała Reiki. "A teraz wzmocnijmy jej pamięć. Nie chcemy, żeby zapomniała, co zgodziła się zrobić, prawda?"

Hadz i Reiki zaśpiewały piosenkę,

"Wspomnienia to piękne rzeczy.

Które unoszą się jak pierścienie dymu.

W przód i w tył, w przód i w tył

Pozwól wspomnieniom Rosalie utrzymać ją na właściwej drodze.

Magia, magia w powietrzu i w morzu

Wiążąca nasz kontrakt z Rosalie".

POP

POP

Hadz i Reiki zniknęli, podczas gdy droga Rosalie chrapała dalej.

ROZDZIAŁ DWUDZIESTY

KUZYNKI

Rano, w Anglii, podczas gdy czajnik się gotował John i Paul szykowali się. Komputer był włączony, a wyszukiwarka otwarta.

"Zrobię herbatę" - powiedział John.

"Zacznę pisać", powiedział Paul, wpisując Ezekiel Dickens w pasku wyszukiwania. "Och", powiedział. "To było niespodziewane".

John przyniósł tacę z herbatą, kostkami cukru w misce, gorącymi tostami z masłem i słoikiem marmolady.

"Znalazłeś coś," zapytał.

"Spójrz na to - powiedział Paul, obracając ekran i mieszając grudki cukru w herbacie.

Była to strona internetowa Superbohatera Trójki. Patrzyli, jak E-Z się przedstawia, a za nim Lia i Alfred.

"Czy to jest legalne?" zapytał John. "Wyglądają jak trzy postacie z kreskówek".

Następnie rozpoczęło się odtwarzanie akcji ratunkowej na rollercoasterze. Paul nacisnął PAUSE. Otworzył kolejne okno. Wpisał Amusement Park Rescue E-Z Dickens. Pojawiła się gazeta z artykułem na ten temat. "To legalne", powiedział.

"Więc krewny Charlesa jest superbohaterem?

"Myślisz, że jesteśmy do siebie podobni? zapytał Charles. Wciąż był na wpół śpiący w za dużej piżamie, którą dali mu do spania. Wziął kromkę tosta z talerza i wgryzł się w nią.

"Obaj macie nosy Dickensa - powiedział John.

Charles przyjrzał się bliżej zatrzymanej części ekranu.

"Na podstawie tego, kiedy się urodziłeś - powiedział Paul, googlując - w 1812 roku do teraz, E-Z byłby twoim siódmym lub ósmym kuzynem usuniętym z rodziny.

"Co oznacza usunięty kuzyn?"

"Oznacza to liczbę pokoleń między wami" - powiedział John.

"Mój przodek jest superbohaterem. Co to jest superbohater? Czy to tak jak w "Sir Gwainie i Zielonym Rycerzu"?

"Ach, pamiętam, że czytałem to w szkole, kiedy byłem mały, tak, rycerze i superbohaterowie są podobni" - powiedział Paul.

John przewinął w dół, aby sprawdzić, czy E-Z Dickens został wspomniany gdzie indziej. Na YouTube były klipy z jego grą w baseball, zanim trafił na wózek inwalidzki i później.

"To niezły sportowiec" - powiedział John. "I uprawia sport na wózku inwalidzkim".

"Gra wygląda podobnie do Rounders" - powiedział Charles.

"Och, poczekaj, tu jest coś o jego rodzicach" - powiedział Paul.

Przeczytali nekrologi rodziców E-Z o wypadku, który odebrał im życie.

"Biedny chłopak", powiedział Charles. "Przynajmniej ma teraz brata ojca, Sama, który się nim opiekuje".

"Dlaczego po prostu do niego nie zadzwonimy? zapytał Paul. Otworzył swój telefon i zadzwonił do informacji.

Charles patrzył na niego przez ramię, podczas gdy Paul mówił do niego, a kobiecy głos odpowiedział. "Potrzebuję filiżanki herbaty - powiedział.

John poszedł do kuchni, aby mu ją przynieść.

W międzyczasie Paul poprosił o numer Ezekiela Dickensa w Ameryce Północnej. Gdy wybrał numer i telefon zaczął dzwonić, Paul przełączył go na głośnik.

"Witaj - powiedział Sam.

Charles prawie upuścił filiżankę herbaty.

"Witam, nazywam się Paul i dzwonię z Londynu w Anglii. Chciałbym rozmawiać z Ezekielem Dickensem".

"Jestem jego wujkiem, mogę wiedzieć o co chodzi? Sam poszedł korytarzem do pokoju E-Z.

Cała trójka oglądała film na nowym telewizorze z płaskim ekranem. Sam podniósł pilota i nacisnął MUTE. Następnie przełączył telefon na głośnik.

"Szczerze mówiąc, nie jestem pewien - powiedział Paul. "To nie ja chcę z nim rozmawiać, tylko...".

"Ja." Nowy głos przejął słuchawkę. Głos młodszej osoby.

"A kim ty jesteś?" zapytał Sam.

"Nazywam się Charles Dickens.

Sam przekazał słuchawkę swojemu siostrzeńcowi. "Mówi, że nazywa się Charles Dickens".

"Mówiłem ci, że dzisiaj wydarzy się coś dziwnego - powiedział Alfred.

"Ja też - powiedziała Lia - Ale nie wiedziałam, że będzie to dotyczyło Charlesa Dickensa!

E-Z zawahał się, zanim powiedział: "To jest E-Z Dickens, uh, pan uh, Charles. W czym mogę pomóc?"

Charles roześmiał się. Był to nerwowy śmiech. Nie wiedział, co powiedzieć. Nigdy wcześniej nie rozmawiał z kimś, kto był po drugiej stronie świata.

"Wróciłem", wymamrotał. "Żeby cię znaleźć. John i Paul, moi przyjaciele, są (ujął dłoń nad telefonem) - detektywami...".

E-Z nie słyszał wcześniej tego terminu.

"Używają aparatury do znajdowania rzeczy" - powiedział Alfred.

Paul przejął inicjatywę. "Pewna rzecz wylądowała w rzece. Był w niej Charles Dickens. Dwa światła, jedno zielone i jedno żółte, powiedziały nam, że Charles musi skontaktować się z E-Z Dickens".

"Co to za rzecz?" zapytał E-Z. "Czy to było jak silos?"

"Tu John - powiedział nowy głos. "Nie, to był sześcian. Lustrzany sześcian.

E-Z położył dłoń na telefonie: "To nie brzmi jak jeden z tych silosów".

"Anioły cię przysłały?" Powiedziała: "Tak przy okazji, jestem Lia, a drugi głos, który słyszałeś, to Alfred. Jesteśmy tu razem z E-Z i Samem."

"Miło mi was wszystkich poznać - powiedział Charles.

"Ile masz lat? zapytał E-Z.

"Myślę, że około dziesięciu. Czy to prawda, że jesteśmy kuzynami?

"Tak - powiedział E-Z - i wujek Sam też jest twoim kuzynem.

"Łączy nas przestrzeń i czas" - powiedział Charles.

"E-Z też jest pisarzem - powiedział Sam.

E-Z skrzywił się, a jego policzki zrobiły się gorące.

Sam szturchnął siostrzeńca łokciem, by wrócił do rzeczywistości.

"To dużo do przetworzenia, panie Dickens, to znaczy Charles. Musimy zaplanować, jak cię tu sprowadzić, albo ja mogę przyjechać do ciebie. Czy możesz zostać z Johnem i Paulem przez jakiś czas, a my skontaktujemy się z tobą, gdy tylko ustalimy, co robić?"

Paul powiedział: "Tak, mama mówi, że Charles nie sprawia żadnych kłopotów. Może zostać z nami tak długo, jak będzie chciał".

"Oddzwonię do ciebie - powiedział E-Z.

Telefon się rozłączył.

"Przy okazji - powiedziała Sam - na twardym dysku Ardena nie było nic przydatnego. Poza potwierdzeniem, że byli razem online, grając w strzelankę dla wielu graczy".

"Dobrze wiedzieć", powiedział E-Z, ale tego już sam się domyślił.

ROZDZIAŁ DWUDZIESTY PIERWSZY

ICH PLAN ORAZ ROSALIE

W SWOIM POKOJU E-Z, Lia i Alfred wraz z wujkiem Samem omawiali rozmowę, którą odbyli.

"Nie mogę uwierzyć, że prawdziwy Charles Dickens zadzwonił do nas przez telefon" - powiedział Sam.

"Tak, ale nie rozumiem, dlaczego tu jest. I po co tu przyjechał" - powiedział E-Z. "Ma dziesięć lat - pomyślał. A jego sposób podróżowania brzmi dziwnie, lustrzane kwadratowe pudełko. O co w tym do cholery chodzi?".

"To nie brzmi jak statek kosmiczny - powiedział Alfred - Nie żebyśmy wiedzieli, jak by wyglądał.

"Poczekaj chwilę! powiedziała Lia.

E-Z spojrzał na nią. "Czy myślisz o tym samym, co ja?".

Przytaknęła.

"CO?" zapytał Alfred.

"Pamiętasz, jak archaniołowie wezwali nas, by powiedzieć nam, że jedno z nas musi umrzeć? zapytała Lia.

Alfred i E-Z przytaknęli.

"Pomyśl o pojemniku. Jakbyś znowu w nim był i pamiętał rzeczy, które znaleźliśmy. Papiery, które znaleźliśmy?

"Rozumiem, do czego zmierzasz. Masz na myśli informacje z innego świata. O naszym życiu w alternatywnych wymiarach?" zapytał E-Z.

"Dokładnie - powiedziała Lia.

Alfred podskoczył na łóżku.

"Co?" zapytał Sam.

E-Z wyjaśnił, najlepiej jak potrafił.

"Pozwól, że sprawdzę, czy dobrze to rozumiem - powiedział Sam. "Wszyscy mamy swoje życie, gdzieś poza tym miejscem. To znaczy na Ziemi. Istnieją inne wersje nas samych, żyjące życiem innym niż nasze. W innych czasach, innych przestrzeniach, innych wymiarach".

"Zgadza się - powiedział E-Z.

"Czy w takim razie możemy zmienić nasze życie?" zapytał Sam. "Mam na myśli, zmienić wynik? Czy możemy powstrzymać straszne rzeczy przed wydarzeniem się?

"Nie sądzę - powiedziała Lia. "Ale nie wiem, ile chcą, byśmy wiedzieli o innych wymiarach. Ale z tego, co powiedziała nam Eriel, jesteśmy centrum. Wszystko inne, co się dzieje, kręci się wokół nas i życia, które teraz prowadzimy.

"Więc - powiedział Alfred - obecność Charlesa Dickensa tutaj musi mieć coś wspólnego z Eriel i innymi.

"Tak, też o tym myślę - powiedział E-Z. "Ale dlaczego teraz? Próby zostały zakończone. To był ich wybór. Mimo to nie mogą zostawić mnie w spokoju.

"Przywróć Charlesa Dickensa. I to jego dziesięcioletniej wersji! Dla mnie to nie ma sensu - powiedziała Lia.

"Może kiedy go spotkamy - powiedział Sam - wszystko nabierze sensu.

"Nie, jeśli chodzi o Eriel - powiedział E-Z. "Z nim nic nie jest proste.

"Wygląda na to, że podróż do Londynu to nasz jedyny sposób, by się tego dowiedzieć - powiedział Sam.

"Mam wrażenie, że nie było mnie tam tak dawno temu.

"Tak, to dla ciebie łatwe. Wszystko, co musisz zrobić, to skierować krzesło we właściwym kierunku i gotowe" - powiedział Alfred. "Podczas gdy ze mną wiąże się dużo energii z tym całym trzepotaniem, a wiatr jest czynnikiem".

"Mógłbyś wskoczyć do samolotu, gdyby wujek Sam poleciał z tobą" - zasugerował E-Z. "Wszystko, co musiałbyś zrobić, to usiąść na miejscu z innymi pasażerami i cieszyć się jazdą.

Alfred zwiesił głowę.

"Nie mówię tego, żebyś czuł się źle. Przypominam ci tylko, że wszyscy jedziemy na tym samym wózku.

"Rozumiem to. I dziękuję.

Dobra, teraz wróćmy do sprawy, którą się zajmujemy - dodał E-Z. Wyłączył telewizor.

Lia wpatrywała się przed siebie, jakby była w transie. "Rosalie!" wykrzyknęła.

"Kto?" zapytał Alfred.

Lia nadal wpatrywała się w przestrzeń.

"Czy z Lią wszystko w porządku?" zapytał Sam. "Ledwo oddycha.

Lia wstała. "Muszę ci coś powiedzieć. Poznałam kogoś, nie osobiście, ale w mojej głowie. Jest w mojej głowie i rozmawiam z nią od dłuższego czasu. Poprosiła mnie, żebym jeszcze nic nie mówił. Myślę, że to może być związane z tą całą sprawą reinkarnacji Charlesa Dickensa.

"Słuchamy - powiedział E-Z, pochylając się bliżej.

"Ma na imię Rosalie. Mieszka w domu seniora w Bostonie i jest dość stara. Ma demencję.

"Czy to nie ta, która powoduje utratę pamięci? zapytał Alfred.

Ale gdy tylko Rosalie usłyszała, jak Lia wymienia jej imię, została przeniesiona w umyśle i ciele do pokoju

E-Z. Unosiła się nad nimi, uważnie słuchając każdego słowa. Oczyściła gardło, by sprawdzić, czy ją widzą lub słyszą - nie widzieli. Żałowała, że nie wzięła ze sobą notesu i długopisu.

BINGO.

Oba trafiły w jej ręce. Uśmiechnęła się i zaczęła robić notatki.

"Masz na myśli, że wy dwoje łączycie się - przez ESP?" zapytał Alfred. "Myślałem, że tylko ja mam ESP?"

"To nie jest dokładnie ESP, nie sądzę. Nie w taki sam sposób, w jaki ty go masz".

"Jak to?" zapytał Alfred.

"Wspomnienia Rosalie zniknęły. W każdym razie większość z nich. Nie rozpoznaje nawet swojej rodziny, kiedy ją odwiedzają. Nie odwiedzają jej często. Nie przeszkadza jej to, bo ich nie lubi. Ale w jakiś sposób zostaliśmy połączeni. Wiedziała wszystko o nas i naszych mocach. Tak jakby się nami opiekowała.

"Dlaczego mówisz nam to teraz?" zapytał E-Z.

"Ponieważ powiedziała, że to w porządku. Wspomniała też o Białym Pokoju. Była tam nie raz, ale dwa razy. Za pierwszym razem wróciła bezpiecznie do swojego łóżka - ale nie tym razem. Mówi, że jest tam teraz i nie pozwalają jej wrócić do domu.

"Jak oboje wiecie, byłem w Białym Pokoju - powiedział. "To tam Archaniołowie po raz pierwszy złożyli obietnice i powiedzieli mi, że znów będę z rodzicami. Zasadniczo, gdzie sprowadzili mnie na pokład za pomocą prób".

Sam dodał: "Eriel porwała mnie kiedyś do Białego Pokoju. Było dość przyjemnie, w każdym razie na początku - dopóki nie pozwolił mi wyjść".

"Tak - powiedział E-Z - Eriel jest nietaktowny. To całkiem fajne miejsce. Dostajesz wszystko, o co poprosisz, myśląc o tym - jak o magii. I są tam książki - książki ze skrzydłami. Ale nie chcę tu wchodzić w zbyt wiele szczegółów - skupmy się na Rosalie. Co się teraz dzieje?"

Rosalie roześmiała się, myśląc, co by było, gdyby powiedziała Lii, że jest w dwóch miejscach naraz? Nie, to mogłoby ich wystraszyć. Rozmawiała z Lią w swojej głowie i po drodze powiedziała kilka białych kłamstw.

"Mówi, że udaje, że śpi. Pamięta dwie kropki, jedną zieloną i jedną żółtą, unoszące się przed jej oczami".

"Hadz i Reiki," powiedziała E-Z. "Powiedz jej, żeby się ich nie bała. Oni są tymi dobrymi."

Rosalie westchnęła. Wtedy zdała sobie sprawę, że to może być okazja, na którą czekała. Powiedzieć Trójce o pozostałych. Zastanowiła się uważnie, a potem zdecydowała, że nadszedł czas, aby podzielić się tym, co wie.

"Poczekaj, chce, żebym ci coś powiedziała. Lia wpatrywała się przed siebie, gdy spomiędzy jej warg popłynął głos Rosalie: - Są inni tacy jak ty, widziałam ich. Myślę, że dlatego tu jestem.

"Inni, tacy jak my?" wykrzyknęli Lia, Alfred i E-Z.

"Nie jestem pewna, ile powinnam im powiedzieć o innych dzieciach w tym pokoju. Macie dla mnie jakieś rady? Co powinnam powiedzieć? Czy mnie skrzywdzą? Jeśli powiem im o innych dzieciach - czy je skrzywdzą?" Rosalie powiedziała przez Lię.

"Do ciebie, E-Z - powiedziała Lia.

"Najpierw posłuchaj, co mają do powiedzenia - powiedziała E-Z. "Powiedzą ci, co już wiedzą, a potem zdecydujesz, ile jeszcze powinni wiedzieć.

"Słuszna rada - powiedział Alfred. "Zawsze bądź dobrym słuchaczem. Zwłaszcza, gdy jesteś przetrzymywany wbrew swojej woli w obcym miejscu.

Lia zaoferowała: - Będę informować chłopaków na bieżąco, jeśli chcesz, żebyśmy pozostali na linii - że tak powiem.

Rosalie przemówiła używając ust Lii jako swoich własnych: - Muszę zachować wszystkie moje zdolności... więc na razie powiem koniec. Dziękuję tobie i całemu gangowi za pomoc.   Będę w kontakcie, jeśli będę cię potrzebować, gdy tu będę. W przeciwnym razie poinformuję cię, gdy wrócę do domu, co nastąpi wkrótce, ponieważ brakuje mi obiadu. Dziś jest indyk, tłuczone ziemniaki i groszek". Zawahała się. "A tak przy okazji Lia, masz na sobie ładną bluzkę".

BINGO.

"Dziękuję - powiedziała Lia, patrząc w dół na swoją koszulkę i zastanawiając się, skąd Rosalie wiedziała, co ma na sobie.

"Co? zapytał E-Z.

"Och, nic - odpowiedziała Lia.

Znów wrócili do Białego Pokoju. Rosalie pomyślała, że jej notatnik będzie lepiej służył w szufladzie nocnego stolika.

BINGO

I już ich nie było.

BINGO

Nadeszła kolacja. Wszystko było pyszne, ale teraz myślała tylko o gęstym koktajlu truskawkowym.

BINGO.

Jeden dotarł, a wraz z nim kawałek cytrynowego ciasta bezowego.

Właśnie wtedy przybyli Eriel i Raphael.

"Och, och", powiedziała drabina, gdy spłynęli w jej kierunku, wyglądając, jakby byli przebrani na Halloween.

"Czy ja śnię? A może nie żyję?" zapytała Rosalie.

"Ani jedno, ani drugie" odpowiedzieli archaniołowie.

ROZDZIAŁ DWUDZIESTY DRUGI

SPOTKANIE I POWITANIE

"Idźcie dalej i dokończcie posiłek - powiedział Raphael.

"Tak, nie mamy nic lepszego do roboty - powiedziała Eriel.

Kiedy patrzyli, jak je, Rosalie miała problemy z przeżuwaniem. Miała problemy ze smakiem. I wszystko wydawało się zimniejsze. Zerknęła na półki z książkami, na drabinę. Miała przeczucie, że ta dwójka nieznajomych nie ma dobrych zamiarów, więc odłożyła nóż i widelec.

"Po pierwsze - zaczęła Eriel - ta rozmowa musi pozostać między nami i tylko między nami.

W myślach zwróciła się do Lii. "Jesteś tam, dziecko? Słuchasz?'

"Wymarcie.

"Przepraszam - powiedziała Rosalie - ale czy mogłabyś zacząć od początku? Jestem stara i straciłam orientację w tym, co mi mówiłeś.

Eriel skrzywiła się. Jak mały chłopiec, który został zbesztany, otworzył skrzydła i odleciał. Kiedy dotarł na szczyt biblioteki, skrzyżował ręce i czekał. Czekał, aż Raphael spróbuje.

Raphae pochylił się bliżej Rosalie.

"Twoje okulary są naprawdę fajne - powiedziała Rosalie. "Ale przez tę pulsującą i unoszącą się w nich krew czuję się trochę jak na morzu.

Eriel roześmiała się.

Raphael zdjęła okulary i włożyła je do kieszeni czarnej szaty.

"Moja droga, Rosalie - odezwał się Raphael - proszę, zignoruj nieuprzejmość mojej uczonej przyjaciółki, ale mamy tu do czynienia z sytuacją. W sytuacji, w której potrzebujemy nie tylko twojej pomocy, ale także pomocy E-Z, Lii, Alfreda i innych. Wiesz, o kim mówię, gdy wspominam o innych, tak?"

Rosalie skinęła głową, nic nie mówiąc.

"Jesteśmy zespołem archaniołów i nasze moce są ograniczone. To, co dzieje się na całym świecie, dotyczy dusz.

"Masz na myśli, kiedy ludzie umierają?" zapytała Rosalie.

"Dokładnie.

"Ale czy to nie jest bardziej twoja domena niż nasza? Rozmawiałaś z Bogiem - on cię zna, prawda? A jeśli próbujesz naprawić tragiczną sytuację, dlaczego nie poprosić go o to bezpośrednio?

Ponieważ Raphael i Eriel się nie odezwali, Rosalie kontynuowała.

"Z tego co rozumiem, po śmierci ciało jest grzebane. Albo skremowane. Ich dusze - jeśli istnieją - żyją dalej w innym miejscu.

Eriel w kilka sekund znalazła się przy niej, warcząc. "To nieprawda.

Raphael odepchnął go na bok. "To bardziej skomplikowane, niż ci się wydaje. Zbyt skomplikowane dla większości ludzi, by to pojąć.

"Ludzie są całkiem mądrzy - powiedziała Rosalie. "Byliśmy na Księżycu, wynaleźliśmy samolot, internet, ogień. Nie jestem geniuszem, a jednak sprowadziłeś mnie tutaj, by mnie przekonać.

Eriel zaśmiała się ponownie.

Tym razem Raphael nie mogła się powstrzymać i też się roześmiała.

I śmiała się. I śmiała się.

Żadne z nich nie mogło się powstrzymać.

Rosalie zignorowała ich. Ignorowała to, co działo się wokół niej. Drabina miotająca się w tę i z powrotem, w tę i z powrotem. Książki wyskakiwały, a potem wracały.

To był taki hałas. Tak głośno. Tęskniła za ciszą swojego pokoju.

Ania z Zielonego Wzgórza, pomyślała.

BINGO.

Książka była w jej rękach. Otworzyła ją, znalazła zakładkę i zaczęła czytać. Jeśli potrzebowali jej pomocy, musieli na nią zapracować. Teraz, gdy obrazili ją i całą ludzką rasę, nie zamierzała im tego ułatwiać.

"Dobrze dla ciebie - szepnęła Lia w umyśle Rosalie. "Ty tu rządzisz. Jestem tu z E-Z i Alfredem i wspieramy cię.

Raphael i Eriel wciąż się śmiali. Poza kontrolą. Wpadali na siebie w powietrzu, jak balony spięte razem.

Wtedy przypomniała sobie, że jej cytrynowy placek bezowy nie został jeszcze zjedzony. Odłożyła książkę na bok, wbiła w nią widelec i wzięła kęs. Było idealne. Ani za słodkie, ani za cierpkie, dokładnie takie, jakie robiła jej mama. Wzięła kolejny kęs.

Nad nią Eriel i Raphael wpadli w histerię.

"Przestańcie! krzyknęła Rosalie. "Jesteście najbardziej niegrzecznymi, najbardziej obleśnymi istotami, jakie kiedykolwiek spotkałam. A spotkałam w swoim życiu kilku dość obleśnych ludzi. Odłożyła widelec. "Nie nauczono cię żadnych manier? Jakichkolwiek manier?" Podniosła widelec i skierowała go w ich stronę.

Eriel poleciał w dół. W kilka sekund znalazł się przy Rosalie z otwartymi ustami. Wbiła go w cytrynowy twaróg, a następnie wbiła widelec w usta archanioła.

"Ewwwwww!" krzyknął. Wypluł go, jakby podała mu arszenik.

"Matka zawsze uczyła mnie dzielić się z innymi - powiedziała z uśmiechem.

Bladość Eriel zmieniła się z czarnej na zieloną. Po wymiotach zniknął przez ścianę.

"Zgaduję, że nie jest fanem ciasta?" powiedziała Rosalie.

Lia śmiała się w myślach Rosalie.

Raphael wyjęła okulary z kieszeni szaty, wyczyściła je i włożyła z powrotem na twarz. Usiadła obok Rosalie. Była tak blisko, że prawie siedziała jej na kolanach.

Biedna Rosalie.

"WIEMY, ŻE SĄ INNI I MUSIMY WIEDZIEĆ, KIM SĄ I GDZIE SĄ - TERAZ!

Gdy to mówiła, twarz Rafaela wykrzywiła się, zmieniając się nie do poznania.

Włosy Rosalie stanęły dęba. Jej ciało się trzęsło.

"Niegrzeczni ludzie nigdy nie dostają tego, o co proszą, a ty, moja droga, jesteś bardzo niegrzeczna. Tak samo jak twoja przyjaciółka - wyszeptała Rosalie.

Rosalie powróciła do dawnej postaci.

Tylko tym razem takt archanioła się zmienił. A jej głos stał się słodki, gdy powiedziała,

"Przejdę przez tę ścianę i dołączę do Eriel. Za pięć minut wrócimy i zaczniemy od nowa. Potrzebujemy twojej pomocy - masz rację - i nie prosimy o nią w sposób, w jaki powinniśmy. Potem do kobiety w ścianie: "Ustaw zegar na pięć minut". A potem z powrotem do Rosalie: "Kiedy zegar zadzwoni, wrócimy i zaczniemy od nowa". Zgodnie z obietnicą, Raphael ruszył w kierunku ściany i zniknął przez nią.

Zegar w ścianie tykał głośno. Wydawał się nie na miejscu. Nawet zbyt głośny jak na bibliotekę.

"To bardzo irytujące! - powiedział drab, podchodząc bliżej.

"Przepraszam za to całe zamieszanie - powiedziała Rosalie. "Moja obecność tutaj spowodowała tylko chaos.

"Lubimy cię - powiedziała drabina. "Dlaczego się trochę nie poruszysz? Poczujesz się lepiej.

Rosalie wstała, spodziewając się zmęczenia po zjedzeniu tak obfitego posiłku. Zamiast tego była pełna energii. Zwłaszcza nogi. Czuła się, jakby znów miała dziesięć lat. Skakała na skakance. Ale frajda!

"A teraz," powiedziała Rosalie, "jej następna sztuczka. Wielka Babcia spróbuje nie jednego, nie dwóch, ale trzech kolejnych kółek" - co też uczyniła. "Dziękuję, dziękuję!" - powiedziała, kłaniając się i machając, jakby zdobyła złoty medal na olimpiadzie.

BRRRIIIING.

Zegar się skończył. Pojawili się Eriel i Raphael.

Archaniołowie byli inaczej ubrani. Jakby szli na dwie różne imprezy.

Eriel miała na sobie ciemny garnitur w prążki, białą koszulę i krawat.

Rafael miał na sobie czerwoną sukienkę w stylu Mumu, która całkowicie zakrywała jej ciało od szyi po palce u stóp.

"Czuję się niedopasowana - powiedziała Rosalie.

BINGO.

Teraz miała na sobie swoją najładniejszą sukienkę. To była ta, którą chciała nosić po śmierci.

Opadła na krzesło, spoglądając w górę. Archaniołowie unosili się ku niej. Ich skrzydła poruszały się niczym skrzydła motyla, zbliżając się do niej z gracją i pięknem. Jej oczy zaszkliły się.

"Jak mogę wam pomóc, kochani? zapytała Rosalie.

To było tak, jakby miały teraz nad nią władzę, której nie chciała przezwyciężyć. Upadła na podłogę, klęcząc teraz przed dwoma archaniołami. Raphael dotknął jej prawego ramienia, a Eriel lewego.

"Powiedz nam, co musimy wiedzieć - gruchnęli.

"Pozostali się rozproszyli - powiedziała, po czym upadła na podłogę jak bezwładna kukła.

"Jest na to za stara - powiedziała Eriel. "Jeśli umrze, na nic nam się nie przyda.

"Kontynuuj, to działa.

POP.

POP.

Pojawili się Hadz i Reiki, szepcząc Rosalie do ucha. Pomogli jej wstać.

"Wynoście się stąd, wy dwaj intruzi! Eriel krzyknęła wybuchowym głosem,

Rosalie wyrwała się z transu, w który ją wprowadzili.

"Odejdźcie! krzyknął Raphael i nie było POP, zamiast tego usłyszeli pojedynczy dźwięk

SPLAT.

Rosalie położyła ręce na biodrach - Mam nadzieję, że nie skrzywdziliście tych dwojga. W rzeczywistości, jeśli chcesz, żebym rozważyła udzielenie ci pomocy, to powinieneś przyprowadzić je tutaj TERAZ, żebym mogła zobaczyć, czy nic im nie jest. Nie powiem ci nic więcej, dopóki ich nie przyprowadzisz". Przeszła przez pokój, usiadła plecami do białej ściany, zamknęła oczy i czekała. Miała cały dzień, cały tydzień, cały rok. Nie spieszyło jej się, by być gdziekolwiek lub robić cokolwiek.

POP.

POP.

"Dziękuję - powiedziały Hadz i Reiki, siadając na ramionach Rosalie.

"Spieprzymy to - powiedział Raphael. Następnie zwrócił się do Hadz i Reiki: "Wiecie, w jakiej sytuacji znajduje się Ziemia, czy możecie nam pomóc uzyskać pomoc tego człowieka?".

Reiki powiedział: "Wiemy, że jest taka sytuacja! Gdybyś nie wycofał się z umowy z E-Z, Lia i Alfred byliby już na pokładzie. Rosalie nie ufa żadnemu z was.

A ty nie byłeś z nią szczery.

U ludzi zaufanie i szczerość są najważniejsze.

Eriel ruszył w ich stronę.

Raphael powstrzymał go, zanim powiedziała: "Popełniono błąd z naszej strony, a ten błąd ma przyczynę i skutek. Próbujemy ocalić Ziemię przed ubocznymi zniszczeniami. Jedynym sposobem, w jaki możemy to zrobić, jest wezwanie tych, którzy otrzymali moce, nadprzyrodzone, superbohaterskie moce. Bez nich ludzkość upadnie - i będzie to nasza wina".

Rosalie wstała. Spojrzała na dwa małe stworzenia, które siedziały na jej ramionach. "Czy mogę im zaufać?

"Raphael jest godny zaufania - powiedział Hadz.

"Ale nie jesteśmy go pewni - powiedziała Reiki.

POP.

POP.

Obaj zniknęli, w obawie przed odesłaniem do kopalni przez Eriel.

Eriel unosiła się coraz wyżej i wyżej, po czym zniknęła w suficie.

Rosalie zmieniła temat. "Podczas gdy ja będę się nad tym zastanawiać, czy możesz wyjaśnić, co to za miejsce? Nazywam je Białym Pokojem, ale czy to właściwa nazwa i dlaczego za każdym razem, gdy czegoś pragnę, to się pojawia? Może nazywa się Magiczny Pokój?" W tym momencie Rosalie pomyślała o E-Z, aniele/chłopcu na wózku inwalidzkim.

ACK.

E-Z przybył.

"Whoa!" powiedział, zdając sobie sprawę, że dołączył do Rosalie w Białym Pokoju. Pomyślał o swoich okularach przeciwsłonecznych i

PRESTO

Były na jego twarzy. Przeszedł się po pokoju, ponownie czując swoje nogi i podłogę. Następnie wyciągnął rękę i powiedział: "Ty musisz być Rosalie".

A ty musisz być E-Z, powiedziała, "Bez twojego wózka inwalidzkiego. To miejsce naprawdę jest magiczne!"

"Witaj, Raphaelu."

"Witaj, E-Z", powiedział Raphael. Potem zwrócił się do Rosalie: "To tyle, jeśli chodzi o dyskrecję - to miało być poufne".

"Bez względu na to, jakie obietnice ci składa, złamie je. Jest bezużyteczna w dotrzymywaniu słowa - a Eriel jest jeszcze gorsza, podobnie jak Ophaniel - a nawet jej jeszcze nie poznałaś. Mimo to chcę ci powiedzieć, że oni wszyscy to banda kłamców.

"Domyśliłam się tego - przyznała Rosalie. "I odszedł, Eriel zachowuje się jak rozpieszczone dziecko.

"Chciałbym to zobaczyć - powiedział E-Z. "To brzmi bardzo nie w stylu Eriel, ale stary, to byłaby niesamowita rzecz do zobaczenia.

"Dość tych serdeczności - powiedział Raphael. "Chyba nie mam innego wyjścia, jak tylko wyjaśnić ci sytuację. Tupnęła nogami, a jej skrzydła opadły dąsając się na boki. Odwróciła się do E-Z i Rosalie. "Świat potrzebuje ratunku z powodu błędu z naszej strony. Czy ty i inni chcecie pomóc nam naprawić sytuację - to znaczy uratować Ziemię, czy nie?".

Rosalie i E-Z wymienili spojrzenia.

"Śmiało - powiedziała. "Zgadzam się na wszystko, co zdecydujesz.

E-Z nie odpowiedział od razu.

"Jeśli powiesz mi wszystko, przekażę to innym i zagłosujemy. Jesteśmy demokratyczną grupą.

"Jak długo to potrwa? zadrwił Raphael. "A jak się do mnie odezwiesz? Mam może trzymać Rosalie jako więźnia, dopóki tego nie wymyślisz? Czy dwadzieścia cztery godziny to wystarczający czas?

Rosalie powiedziała: "Nie mam nic przeciwko pozostaniu w tym pokoju. Jest tu mnóstwo książek do czytania i mogę zamówić wszystko, co chcę. To o wiele bardziej interesujące i ekscytujące niż przebywanie w domu.

E-Z skinął głową. Do Rosalie powiedział: "Dziękuję i masz rację, ten pokój jest wyjątkowy. Będziesz tu bezpieczna. Następnie do Raphaela: "Rosalie nie będzie twoim więźniem, w rzeczywistości będzie twoim gościem". Książka spadła z półki i wylądowała w jego dłoni. Był to Harry Potter i Komnata Tajemnic.

"Chciałabym to przeczytać - powiedziała Rosalie. Książka opuściła rękę E-Z i poleciała w stronę Rosalie. Złapała ją, otworzyła i natychmiast zaczęła czytać.

"Rosalie będzie naszym gościem - powiedział Raphael. "A więc dwadzieścia cztery godziny?

"Dwadzieścia cztery godziny - zgodził się E-Z.

"Zaczekaj! - krzyknął głos. Głos bez ciała. Głos, który odbijał się echem. Aż książka spadła z półki powyżej. Spadła na podłogę, aż jej skrzydła wystrzeliły do przodu i uchroniły ją przed złamaniem kręgosłupa.

Raphael wyglądała na zaskoczoną głosem. Próbowała się wycofać, ale coś ją powstrzymało.

Rosalie i E-Z czekały i nasłuchiwały.

"Raphael nie powiedział wam wszystkiego - powiedział grzmiący głos.

Wydawało się, że powietrze wibruje z każdą sylabą, ale w dobry, miły i delikatny sposób, a nie w przerażający sposób końca świata.

"Powiedz nam - powiedział E-Z.

"Trochę ciszej - zasugerowała Rosalie. "Jestem stara, ale nie głucha, wiecie!".

"Przepraszam - powiedział głos. Oczyścił gardło. Potem szepnął: "E-Z Dickens, pamiętasz wybory, które ci daliśmy? Dwie opcje?"

E-Z pamiętał je wystarczająco dobrze. Jedną z nich było pozostanie w silosie na zawsze. Wspomnienia jego rodziny w pętli. Drugą był powrót do życia z Wujkiem Samem.

"Tak".

"Powiedz mi, co pamiętasz o wyborach?" - zapytał głos.

"Powiedzieli, że mogę pozostać w pojemniku i przeżywać wspomnienia mojej rodziny w pętli lub wrócić do życia z Wujem Samem".

"A łapacz dusz? Co z tego masz?

"Nic - przyznał E-Z, wzruszając ramionami.

Głos ryczał - jakby mówienie teraz sprawiało mu ból. Półki zatrzęsły się, a przedmioty losowo wyskakiwały w powietrze. Najpierw pojawił się gigantyczny ogórek. Zielony obiekt obracał się zgodnie z ruchem wskazówek zegara, potem przeciwnie do ruchu wskazówek zegara, a następnie zniknął.

Następnie nad nimi pojawiła się lustrzana kula. Obracając się, zmieniała kolory. Kiedy obracała się zbyt szybko, obawiali się, że spadnie na nich. Zaczęli się ukrywać, ale zanim to zrobili, kula zniknęła.

Następnie pojawiła się głowa klauna. Unosiła się przed nimi i mówiła: "Co jest czarno-białe, czarno-białe, czarno-białe i czarno-białe".

"Wystarczy!" zagrzmiał głos.

"Przepraszam - powiedział Raphael.

"Powinno ci być!" zadrżał pierwszy głos. Potem ciszej, delikatniej, łagodniej powiedział: "E-Z i jego zespół muszą wiedzieć o Łowcach Dusz - wszystko. W przeciwnym razie nie zrozumieją złożoności naruszenia".

Głos zatrzymał się na kilka sekund, po czym kontynuował: "Łapacz Dusz łapie dusze, gdy ludzkie ciało umiera. To niekończące się miejsce spoczynku. Wszyscy ludzie i wszystkie stworzenia mają naczynia, do których mogą się udać. To, co nazwałeś silosem, jest łapaczem dusz. Miejsce spoczynku na całą wieczność".

"Dobrze - powiedział E-Z. "Co to ma wspólnego z końcem świata?

"Chcę zobaczyć mój łapacz dusz - powiedziała Rosalie.

"Jeśli ty i twoi przyjaciele czegoś nie zrobicie, nikt nie będzie miał Łapacza Dusz. Kiedy twoje ciało umrze, umrzesz. To wszystko. Koniec. Twoja dusza i dusze wszystkich innych nie będą miały dokąd pójść, a kiedy dusza nie ma dokąd pójść, nie ma celu. Nie ma już powodu, by istnieć. A bez duszy ludzie są tylko mięsnymi skafandrami".

"Zaczekaj chwilę - powiedział E-Z. "Chcesz powiedzieć, że osoba, która jest odpowiedzialna za Łapaczy Dusz. Jakkolwiek ją nazwiesz - CEO, prezydent, rozumiesz sedno. Twierdzisz, że zostali skompromitowani?"

Raphael otworzyła usta, by odpowiedzieć, ale E-Z jeszcze nie skończył mówić.

"Jak w ogóle działa ten cały Łapacz Dusz? Zostałem wezwany do mojego przy kilku okazjach, a nawet nie jestem ŚMIERĆ. Twierdzisz, że ci, kimkolwiek są, mogą teraz zmusić mnie do wejścia do mojego Łapacza Dusz? Zawahał się: - A co wiesz o Charlesie Dickensie? Przybył w lustrzanym pojemniku, więc nie w Łapaczu Dusz. Jak jego dusza dostała się z jednego miejsca do drugiego? Czy jego zmartwychwstanie zawdzięczacie archaniołom?".

Raphael czekał, by sprawdzić, czy ma więcej pytań.

Miał.

"A co z moimi dwoma najlepszymi przyjaciółmi, PJ i Ardenem? Jak się w tym odnajdują? Oboje są w śpiączce. Chcę ich przywrócić. Czy pomagając tobie, pomożesz im?"

Głos w ścianie zagrzmiał w odpowiedzi.

"Nikt nie prowadzi Łowców Dusz. To nie jest firma nastawiona na zysk. Kiedy ktoś umiera, jego dusza zostaje złapana i żyje w przydzielonym Łapaczu Dusz".

"Nie rozumiem," powiedział E-Z. Poczekaj chwilę, czy ktoś lub coś przejęło Łapaczy Dusz? A jeśli odpowiedź brzmi tak, to zdecydowanie będę potrzebował więcej informacji na temat tego, kim oni są, zanim się w to zaangażujemy. Jeśli wy, archaniołowie, nie możecie ich pokonać, to jak mamy to zrobić my?"

Głos w ścianie powiedział do Raphaela: "Cóż, Eriel mylił się, mówiąc, że ten chłopak jest gruby jak cegła. Udało mu się, za jednym zamachem. Dobra robota, E-Z."

"Dzięki, tak myślę," powiedział. "Ale co dokładnie zrobiłem dobrze?

Głos kontynuował. "Trzy boginie rzeczywiście porwały łapacze dusz."

E-Z otworzył usta, by coś powiedzieć, ale zanim zdążył, głos odezwał się ponownie.

"Charles Dickens nie przybył w łapaczu dusz, jak podejrzewałeś. Krewni mają władzę nad czasem i przestrzenią. Wezwałeś go. Przybył, by ci pomóc".

"Nie wezwałem go!" powiedział E-Z.

"A jednak wrócił, poznał twoje imię i chciał ci pomóc, prawda?

E-Z skinął głową.

"I odpowiadając na twoje ostatnie pytanie, tak, życie twoich przyjaciół jest zagrożone z powodu trzech bogiń.

"Boginie?" powtórzył E-Z. "Jak w mitologii greckiej? Czy one są prawdziwe? Myślałem, że wszystkie te historie to fikcja".

"Są oparte na faktach historycznych - powiedział Raphael.

"Nie możemy walczyć z drużyną mitologicznych bogiń! wykrzyknął E-Z. "Jesteśmy dziećmi.

"Ryzyko jest znacznie większe, jeśli tego nie zrobisz, ponieważ nie mamy nikogo innego, kogo moglibyśmy poprosić o pomoc. Nie ma Batmana, nie ma Spidermana, nie ma prawdziwych superbohaterów. Jedynymi bohaterami jesteście wy, dzieci, możecie? Pomożecie? Wiemy, jak rozwiązać ten problem, potrzebujemy ciał, ludzi w terenie. Ludzie z mocami mogą wygrać. Możecie to pokonać. Te rzeczy. Po pierwsze, możecie je zobaczyć. My nie możemy - powiedział Raphael.

"Wiem, że potrzebujecie pomocy, ale nie widzę sposobu, w jaki moglibyśmy uratować dzień - nie przeciwko potężnym boginiom. Tak, mamy moce, ale z czym dokładnie musimy się zmierzyć? Czego się od nas oczekuje? Jakie niebezpieczeństwa na nas czyhają? Przecież wy już nie żyjecie, a my nie. Jeśli pomożemy - jakie jest ryzyko?"

Zawahał się, a gdy nikt nic nie powiedział, kontynuował.

"Jeśli się zgodzimy, czy możecie ochronić mojego wujka Sama, jego żonę Samantę i dzieci? Czy możecie zapewnić, że PJ i Arden nie wylądują martwi w Łowcach Dusz? A co my będziemy z tego mieli? Przecież ryzykujemy własnym życiem. Nie jesteś człowiekiem, więc nie masz nic do stracenia!

Rosalie wtrąciła: "E-Z, nie widzę, żebyście mieli wybór. Masz rację, będzie ryzyko, a ja jeszcze nie umarłam - ale jestem stara - więc ryzyko dla mnie nie jest tak duże. Poza tym podoba mi się pomysł, że kiedy moje życie dobiegnie końca, będzie na mnie czekał łowca dusz".

E-Z skinął głową. "Rozumiem to. Pomysł, że moi rodzice unoszą się w powietrzu. Samotni. Bezdomni. Bez łapacza dusz. Cóż, robi mi się niedobrze. Sprawia, że jestem tak wściekły, że chce mi się pluć. Ale wciąż muszę porozmawiać z innymi - powtórzył E-Z, krzyżując nogi. Dobrze było móc robić tak proste rzeczy jak krzyżowanie nóg.

Zamieniasz się w niezłego mówcę - powiedziała mu w głowie Lia.

"Dzięki - odpowiedział.

"Tak jak wtedy" - powiedział głos. "Dwadzieścia cztery godziny. W międzyczasie Rosalie pozostanie tutaj z nami.

"Jako twój gość", podkreślił E-Z.

"Nic mi nie będzie - powiedziała Rosalie. "Będę w kontakcie, rozmawiając z Lią. Lia i ja uwielbiamy rozmawiać.

Przytaknął. Z Lią, przez Lię. E-Z nie był pewien, co wiedzą, a czego nie - ale nie zamierzał dawać im niczego, czego już nie mieli.

"Do zobaczenia wkrótce - powiedział, machając na pożegnanie.

Potem znów wrócił na swój wózek inwalidzki. Stał twarzą w twarz ze swoimi przyjaciółmi. Ale jak miał im to powiedzieć? Jak mógłby to wyjaśnić?

W końcu zdecydował, że najlepszym rozwiązaniem będzie wyrzucenie wszystkiego z siebie. I dokładnie to zrobił.

ROZDZIAŁ DWUDZIESTY TRZECI

ZMIANY

Chociaż wiadomości E-Z nie były tym, co spodziewali się usłyszeć, zarówno Alfred, jak i Lia mieli wiele do powiedzenia w odpowiedzi.

"Mają tupet!" wykrzyknął Alfred. "Po tym, co nam zrobili. Mam na myśli składanie obietnic, a potem wycofywanie się i zmienianie planu gry. Ja osobiście nie ufam żadnemu z nich na tyle, na ile mogę im zaufać.

"To wielka sprawa i dotyczy naszych bliskich, którzy zginęli - powiedział E-Z.

"Jak to? zapytał Sam.

"Nie znam szczegółów. Wiem tylko, że chodzi o trzy złe boginie, których planem jest przejęcie i kontrolowanie wszystkich Łapaczy Dusz.

"To szaleństwo! powiedziała Lia. "Dlaczego miałyby ich chcieć? Po co zadawać sobie tyle trudu? Co mają z tego?"

"Poczekaj," powiedział E-Z. "Powiem ci wszystko, co mi powiedzieli. Pamiętaj, że oni też nie wiedzą na pewno.

"W każdym razie, zaczynamy. Są mitologicznymi boginiami, które zostały przywrócone. Ich celem jest kontrolowanie Łowców Dusz - wszelkimi możliwymi sposobami.

"A sposobem, w jaki postanowiły to zrobić, jest zabijanie ludzi. Ludzi, którzy nie mieli umrzeć! A potem umieszczają ich w przejętych przez siebie Łowcach Dusz. Od ludzi, którzy ich potrzebują. Więc ich dusze nie mają dokąd pójść".

"Nadal tego nie rozumiem - powiedziała Lia.

"Pomyśl o tym w ten sposób. Lia, ty, Alfred i ja byliśmy już w naszych Łowcach Dusz. Niewielu jest tam wpuszczanych przed śmiercią. Kto chciałby tam być?

"Zgoda - powiedział Alfred.

"Zgadza się - powiedziała Lia.

"A gdybym ci teraz powiedziała, że twój Łapacz Dusz został wypełniony przez kogoś innego i nie należy już do ciebie?

"Ludzie nawet nie wiedzą o Łowcach Dusz!" wykrzyknął Alfred. "Większość myśli, że ich dusze idą do nieba (lub, jeśli są złe, do gorącego miejsca). Gdyby wiedzieli, byliby tym zdenerwowani. Ale tak nie jest.

"Tak, nie możesz tęsknić za czymś, o czym nic nie wiesz - powiedział Sam. "Nie możesz też walczyć o coś, o czym nie wiesz.

"Powiedzieli mi, że dusze moich rodziców mogą być teraz bezdomne. To mnie mocno uderzyło.

"I właśnie dlatego ci powiedzieli! powiedział Sam. "To jawna manipulacja."

"Nie, to szantaż emocjonalny - powiedział Alfred. "Ale rozumiem, dlaczego tak powiedzieli. Gdyby powiedzieli mi to samo o mojej rodzinie, chciałbym się zaangażować. Chcę walczyć z tymi boginiami. Gdybym był porywczy, działałbym natychmiast, kierując się emocjami. Ale tutaj musimy być logiczni. Musimy zachować zdrowy rozsądek.

"Kim w ogóle są te boginie? Co o nich wiemy? zapytała Lia.

"I czy jesteśmy pewni, że archaniołowie są po właściwej stronie? zapytał Sam.

"Powiedzieli, że błąd z ich strony spowodował, że to się wydarzyło - ale nie powiedzieli mi dokładnie, jak to się stało ani dlaczego. I nie byli w nastroju, by naciskać na nich o informacje - więcej niż już udało mi się z nich wyciągnąć. Poza tym mają Rosalie, a nasz czas na podjęcie decyzji się kończy.

"Dokładnie - powiedziała Lia. "A jednak, jak możemy podjąć decyzję, skoro nawet nie wiemy, z czym mamy do czynienia? Oni wiedzą, że jesteśmy dziećmi. Tak, każdy z nas ma wyjątkowe moce - ale czy one wystarczą? Jeśli archaniołowie nie mogą sami poradzić sobie z tą sytuacją... dlaczego wiedzą, że my będziemy w stanie?

"Tego nie mogę powiedzieć. Naciskałem na nich, by powiedzieli mi więcej. Gdyby nie głos w ścianie, nie powiedzieliby mi tyle, ile się dowiedziałem.

"Jak śmieli ukrywać przed nami informacje!" wykrzyknął Alfred.

"Wyjaśniłem ci, co wiem. Jest ich trzy. To boginie - mitologiczne stworzenia, o których myślałem, że nie są prawdziwe.

"Możemy dowiedzieć się wszystkiego, co musimy wiedzieć, aby uzbroić się przeciwko nim online - powiedział Sam. "Ale to zajmie trochę czasu. Zawahał się. "Nie sądzę jednak, byśmy mieli dużo szczęścia szukając informacji o Łowcach Dusz.

"Już próbowałem i nic nie znalazłem.

"Kiedy po raz pierwszy o nich usłyszałeś? zapytał Sam.

"Głos w ścianie sugerował, że mówiono mi o nich wcześniej, ale za każdym razem, gdy próbuję sobie przypomnieć, to jakby ściana blokowała informacje.

"Whoa! Dokładnie to samo dzieje się ze mną - powiedziała Lia. "To takie dziwne.

E-Z spojrzał na godzinę na swoim telefonie. "Dałem wam wszystkim dużo do myślenia. Mamy czas do rana, aby podjąć ostateczną decyzję... ale nie sądzę, abyśmy mieli inny wybór niż zgodzić się im pomóc. Jeśli nie my, to kto?

"Myślałem o tym samym - powiedział Alfred. "Ale nadal nie podoba mi się sposób, w jaki to zrobili.

"Mnie też - powiedziała Lia. "Idę spać. Dobranoc wszystkim. Do zobaczenia rano. Zamknęła za sobą drzwi.

"Potrzebujesz czegoś?" zapytał Sam.

"Nie, wszystko w porządku. Dobranoc wujku Samie.

"Dobranoc E-Z. Muszę ci powiedzieć, jak bardzo jestem z ciebie dumny i jak dumni byliby twoi rodzice".

"Dzięki.

"I dobranoc Alfredzie - powiedział Sam otwierając drzwi.

"Dobranoc - powiedział Alfred, po czym ułożył się z głową pod skrzydłem i zasnął.

E-Z, nie mogąc zasnąć, wpatrywał się w sufit z rękami za głową. Zrobił kilka przysiadów, po czym obrócił się na bok, mając nadzieję, że uda mu się zasnąć. Zamiast tego zauważył dwa światła, jedno zielone i jedno żółte, unoszące się w jego kierunku.

"Obudziłeś się?" zapytał Hadz.

"Nie - odpowiedział E-Z z uśmiechem, wstając.

"Nie powinniśmy z tobą rozmawiać" - powiedziała Reiki - "ale musimy z tobą porozmawiać, więc musisz zgadnąć, czego nie powinniśmy ci mówić".

"Zgadnąć? Poważnie? Możecie mi coś podpowiedzieć... no wiecie, zawęzić pole, choćby trochę?".

Aniołowie szeptali do siebie. Wydawali się nie zgadzać, ponieważ Hadz poleciał na jedną stronę pokoju, a Reiki na drugą.

"K, idę spać. Jak coś wymyślisz, możesz mi powiedzieć rano".

Kiwnął głową, po czym się obudził. Był w swoim fotelu i szybował po niebie. Zapiął pasy bezpieczeństwa. "Co się stało?"

"Zdecydowaliśmy, że nie możemy zawęzić dla ciebie pola. Ani powiedzieć ci tego, co musisz wiedzieć. Aby podjąć świadomą decyzję... Zamiast tego POKAŻEMY CI. Więc podążaj za nami".

Gdy chmury przemknęły obok, a czyste, ale chłodne nocne powietrze wypełniło jego płuca, E-Z poczuł się bardziej żywy niż kiedykolwiek wcześniej. W pewnym sensie tęsknił za byciem wzywanym na próby, by pomagać i ratować ludzi, którzy znaleźli się w tarapatach.

Odkąd przestał pracować z Eriel, nie czuł się superbohaterem. To prawda, uratował kota, który utknął na drzewie. Uniemożliwił też piłce baseballowej rozbicie cennego witrażowego okna kościelnego.

Ale większość jego codziennego życia to myślenie o przyszłości. Planował ukończyć szkołę średnią w jak najlepszej pozycji, aby uzyskać stypendium. Aby dostać się do najlepszego college'u lub uniwersytetu.

Wujek Sam i Samantha planowali nowe dziecko. Utrzymywali w tajemnicy, czy dziecko będzie chłopcem, czy dziewczynką, i nikt nie miał wstępu do nowego pokoju dziecka. E-Z pomyślał, że to dziwne mieć piętnaście lat i wkrótce zostać wujkiem, ale nie mógł się doczekać.

A Lia dobrze radziła sobie w szkole, dopasowując się, mimo że w stosunkowo krótkim czasie zmieniła wiek z siedmiu na dwanaście lat w dwóch skokach. Cokolwiek ją postarzało, wydawało się, że się zatrzymało, a teraz wyglądało na to, że podkochiwała się w PJ'u. Zdecydowanie dorastała i uśmiechnął się, myśląc o tym, jak bardzo stała się władcza. Przypomniało mu to Małą Dorrit, jednorożca. Nie widzieli jej od czasu prób. Może archaniołowie wysłali ją, by pomogła Lii, gdy wszyscy byli ze sobą połączeni. Potem pojawił się jego kuzyn Charles Dickens. A PJ i Arden utknęli w śpiączkach - i nikt nie wiedział, jak ich z nich wyciągnąć. Alfred zajmował się domem. Odkąd przybył, wujek Sam nie musiał tak często kosić trawy.

Przypomniał sobie dwa procesy, w których znalazł podobieństwa. Ta z dziewczyną przebraną za postać z gry komputerowej. Druga z chłopcem, któremu kazano zabić E-Z, by ocalić życie jego rodziny. Były ze sobą powiązane. Eriel miała rację. Musiał tylko dowiedzieć się, co to dokładnie oznacza.

"Czy jesteśmy już prawie na miejscu? - zapytał, zauważając, jak robi się zimno. Poruszali się szybko, zbliżając się do Parku Narodowego Doliny Śmierci na pustyni Mojave. Był grudzień, jeden z najzimniejszych miesięcy w roku na pustyni w nocy i żałował, że nie wziął ze sobą bluzy z kapturem. Było tak ciemno, że gwiazdy wyglądały milion razy jaśniej. Niczym oczy na niebie z ledwie palcem odstępu między nimi, a przynajmniej tak się wydawało.

Szkolone anioły nie odpowiedziały. Zniżyli się na kilka stóp, po czym kontynuowali lot z pełną prędkością.

"Świetnie!" - powiedział. "Daj mi znać, kiedy wylądujemy. Żałuję, że nie mam biura podróży, które powiedziałoby mi, co widzę.

"Użyj telefonu - szepnęli Lia i Alfred. Potem zamilkli.

Lecieli dalej, nad Badwater Basin, najniższym punktem w Ameryce Północnej. Został tak nazwany, ponieważ woda jest zła - a zatem niezdatna do picia z powodu nadmiaru soli. Ale niektóre dzikie zwierzęta i rośliny mogą kwitnąć na tym obszarze, takie jak piołun, owady i ślimaki.

Wjechali głębiej w Dolinę Śmierci, podczas gdy E-Z podziwiał teren i starał się nie myśleć o tym, jak bardzo jest spragniony.

"Czy już jesteśmy na miejscu?" zapytał ponownie, gdy czarny ptak przeleciał nad jego głową, upuszczając kupę, zanim ruszył w dalszą drogę. "Witajcie w Dolinie Śmierci - powiedział, wycierając ją rękawem. Pospieszył dalej, by dogonić Hadza i Reiki.

ROZDZIAŁ DWUDZIESTY CZWARTY

DOLINA ŚMIERCI

"Pospieszcie się!" powiedzieli Hadz i Reiki. "Już prawie jesteśmy w Rhyolite.

Ruszył przed siebie, doganiając ich. "Co dokładnie znajduje się w Rhyolite?

"Trochę tła - powiedział Hadz. "Chyba, że już o nim słyszałeś?

E-Z potrząsnął głową. Uczył się o Wielkim Kanionie w szkole, głównie o tym, jak został uformowany.

Hadz kontynuował: "Rhyolite było kiedyś kwitnącym miastem podczas gorączki złota w 1904 roku. Nie trwało to jednak długo, w 1924 roku zmarł jego ostatni mieszkaniec i zamieniło się w miasto duchów".

"Co oznacza słowo Rhyolite?"

Reiki odpowiedziała: "To kwaśna skała wulkaniczna - lawowa forma granitu. Został nazwany przez geologa Ferdinanda von Richthofena w 1860 roku. Jej pochodzenie jest greckie, od słowa rhyax, które oznacza strumień lawy".

"Więc miasto miało wielką gorączkę złota i nazwali je po wulkanicznej skale?" Zawahał się. "Chyba pamiętam coś z zajęć o działaniu wulkanów".

"Zgadza się - powiedziała Hadz. "Pochodzi sprzed dwóch milionów lat".

"Ta lekcja jest interesująca i w ogóle, ale wciąż nie wiem, dlaczego jedziemy do Rhyolite.

Reiki wymamrotała: "Ponieważ to siedziba renegatów".

"Tych, którzy walczą o kontrolę nad Łowcami Dusz.

"Kim oni dokładnie są i jak możemy ich powstrzymać? Mówiąc my, mam na myśli nas, Trójkę. Ponieważ Eriel i Raphael przetrzymują Rosalie, a tak przy okazji, czas ucieka. Dali nam tylko dwadzieścia cztery godziny na powrót do nich.

"Ciii - powiedziała Hadz. "Mają niezwykły słuch, a wiatr może przenosić nasze głosy do nich szeptem. Od tego momentu będziemy mówić tylko naszymi umysłami.

E-Z zapytał, używając swojego umysłu: "Co się stanie, jeśli dowiedzą się, że tu jesteśmy? Czy nie będą w stanie nas zobaczyć?".

"Hadz i ja nie jesteśmy ludźmi, więc jesteśmy poza ich radarem. Ty jednak nie jesteś, dlatego cię osłoniliśmy".

"Świetnie! Wokół mnie jest niewidzialna tarcza ochronna - to przydatna informacja.

W oddali widział Góry Czarne. "Założę się, że kiedy słońce przypieka te góry, możesz usmażyć na nich jajko. Zawahał się: "A co z tym ptakiem, który zrobił na mnie kupę? Czy złoczyńcy mogli go wysłać, żeby nas szukał?".

Hadz i Reiki potrząsnęli głowami. "Widzieliśmy ptaka. To był kruk - znany jako nosiciel wiadomości z niebios.

"W porządku. Nie sądziłem, że wygląda jak kruk. Powiedz mi, co to jest, co porwało łapaczy dusz i co będziemy musieli zrobić, aby ich pokonać. Zawahał się: - I co to ma wspólnego z reinkarnacją Charlesa Dickensa jako młodego chłopca. Zawahał się ponownie. "Ponadto, czy Lia dostanie transport? Czy jednorożec Little Dorrit powróci, jeśli zgodzimy się wam pomóc? To było dużo gadania. Był spragniony i żałował, że nie wziął ze sobą butelki wody.

POP.

Jedna się pojawiła. Wypił ją z powrotem po powiedzeniu "Dzięki" do nikogo.

Reiki zapytała: "Słyszałeś kiedyś o Erinyes?".

E-Z potrząsnął głową.

"Znane również jako Furie - powiedział Hadz.

"Nie mam pojęcia, czym one są... ale mam mgliste wspomnienie czegoś z jakiejś gry?

"Są znane jako Boginie Zemsty.

"Powiedz mi coś więcej. Na kim się mszczą?"

"Na całej rasie ludzkiej! Hadz odchrząknął.

"Moi przyjaciele i ja rozmawialiśmy o tym wcześniej. Większość ludzi nie wie o Łowcach Dusz. Większość wierzy, że mamy dusze. Dusze, które trafiają do nieba lub piekła - w zależności od wyborów, jakich dokonujemy w naszym życiu.

"Tak, jesteśmy tego świadomi - powiedział Hadz.

"W takim razie powiedz mi - zapytał E-Z. "Gdzie w tym wszystkim jest Bóg? Bóg, Jezus, Allah, Budda... jakkolwiek go nazywasz. Gdzie on jest?"

Hadz i Reiki wpatrywali się przed siebie bez odpowiedzi.

"Dobra, rozumiem, że nie możesz odpowiedzieć na to pytanie. Zamiast tego odpowiedzcie na to. Dlaczego boginie karzą ludzi, używając czegoś, czego nawet nie są świadomi? Rozumiem, że są złe, ale mimo wszystko brzmi to niedorzecznie.

"Dzieci - powiedziała Hadz.

"Karzą bezkarnych. Ale...

"Czekałam na jakieś ale... Mów dalej.

"Furie nadużywają swoich mocy. Przekraczają granice. Celują w niewinnych. Niewinne dzieci, które grają w grę.

"Czekaj, masz na myśli, że dzieci grające w gry są karane za rzeczy, które robią w grze? Ale gra nie jest prawdziwa! Jak mogą być karane w prawdziwym życiu za coś, co nie jest prawdziwe?".

"Ja to wiem i ty to wiesz, ale dla Furii wszystko jest takie samo. Jeśli w grze chcesz kogoś zabić, przechodzisz przez ten sam proces myślowy, co morderca. Wiąże się to z planowaniem, z zamiarem zabicia, a następnie wykonaniem go. W niektórych przypadkach dochodzi do masowych morderstw. I tak, to jest niewinne, a oni są proszeni o zrobienie tych rzeczy, aby przejść dalej w grze. Dla Furii dzieci są bezkarne i stanowią uczciwą grę, gdy są w grze".

"Poczekaj chwilę!" wykrzyknął E-Z. "Co dokładnie chcesz przez to powiedzieć? Myślę, że łapię sedno, jak Łapacze Dusz pasują, ale pomysł jest tak zły... Nie chcę nawet o tym myśleć, a co dopiero mówić.

"Furie mszczą się na graczach. Tych, którzy zgrzeszyli w swoich sercach - powiedziała Reiki. "Oni nie powinni umierać! Ich Łapacze Dusz nie są gotowi na przyjęcie ich dusz i dlatego...".

"Nie mają dokąd pójść - powiedział Hadz.

"Furie gromadzą je tutaj, tworząc własne plemię Dusz. Przechowują dusze dzieci w skradzionych Łapaczach Dusz.

"To tworzy chaos - powiedziała Hadz.

"Więc wy, dzieci, musicie pomóc.

"Zaczekajcie chwilę! powiedział E-Z. "Poczekajcie chwilę!"

ROZDZIAŁ DWUDZIESTY PIĄTY

CZTERY OCZY

"HADZ KRZYKNął, GDY CIEMNA chmura szybko przesuwała się po niebie i zmierzała w ich kierunku.

"Nie mogli przebić się przez tarczę ochronną!" wykrzyknęła Reiki.

E-Z spojrzał przez ramię. Zobaczył czarne coś, co nie było chmurą. Miało kształt węża. Z rozwidlonym językiem liżącym powietrze. Zamiast dwojga oczu miało ich wiele. Zbyt wiele, by je zliczyć. Z każdego kapała krew. Krew i parująca żółta ropa.

Język tego czegoś przesuwał się od prawej do lewej. Wydawał biczujący dźwięk, podczas gdy jego szczęki otwierały się i zamykały. A z jego gardła wydobywał się zgrzytliwy dźwięk, który na przemian był piskiem i brzęczeniem.

Wraz z wiatrem w powietrzu unosił się okropny smród, który wkrótce dotarł do nozdrzy E-Z, Hadz i Reiki.

Zapach był okropny. Gorszy niż siarka. Albo zgniłe jaja. Bardziej obrzydliwy niż płyn septyczny i gnijące zwłoki razem wzięte.

Trio podniosło się wyżej, by zobaczyć grzbiet, którego wcześniej nie zauważyli. Za nim znajdowały się srebrne pojemniki. Łapacze dusz. Jak okiem sięgnąć.

"Tak wiele! Czy wszystkie są wypełnione dziećmi? O nie!" E-Z powiedział nosowym tonem, ponieważ wciąż zatykał nos. Chociaż wciąż czuł smród.

PTOOEY.

Uniknęli rozpryskującej się żółtej mazi.

"Co to do cholery jest?" wykrzyknął E-Z.

Poniżej widać było gigantyczną gałkę oczną. Była zamknięta. W przebraniu.

PTOOEY. PTOOEY. PTOOEY.

"O nie!" wykrzyknął E-Z. "Gluty w oczach!"

Wystrzelił w ich stronę, wystrzeliwując swój gorący, lepki płyn.

"Trzymajcie się!" krzyknęli Hadz i Reiki.

Każdy z nich chwycił jedno z uszu E-Z.

"Ahhhh!" krzyknął.

PTOOEY.

E-Z uniknął tego gluta, ale prawie trafił w jego wózek inwalidzki.

FIZZLE.

POP.

POP.

E-Z znów znalazł się w swoim łóżku. Strużki potu spływały mu po czole.

Tymczasem Alfred nadal chrapał na końcu łóżka.

"To było trochę za blisko, żeby się pocieszyć!" powiedział E-Z. "Czy przeniknęli przez tarczę ochronną? Czy nas widzieli? Czy wiedzą kim jestem, gdzie mieszkam?"

"Nie, wydostaliśmy się stamtąd, zanim zdołali się przedostać - powiedziała Reiki.

"Może to głupie pytanie, ale dlaczego po prostu nas stamtąd nie zabraliście? Zamiast poświęcać czas na latanie tam i narażanie naszego życia na niebezpieczeństwo?

"Musieliśmy wam pokazać".

"Przed bitwą... Jak wy to nazywacie..."

"Masz na myśli rekonesans?" zapytał E-Z.

"Tak, to prawda. Musieliśmy ci pokazać. Musiałeś to zobaczyć na własne oczy. Wszystko. Z czym musisz się zmierzyć" - powiedział Hadz.

"Uznaliśmy, że to, czego się nauczysz, będzie warte ryzyka.

"Czas pokaże - powiedział E-Z.

"Przepraszamy, jeśli posunęliśmy się za daleko - powiedział Hadz.

"Naprawdę mieliśmy na uwadze twój najlepszy interes".

"Wiem, że tak było. I cieszę się, że widziałem Łowców Dusz. To, ilu ich było, naprawdę mnie zszokowało.

"Tak, nas też to zszokowało. I możesz być pewien, że zszokowało to również archaniołów. Kiedy zobaczyli to po raz pierwszy.

"Nie powinnaś była tego mówić - powiedziała Reiki.

POP.

Hadz zniknął.

"Och, teraz jest w porządku", powiedział E-Z.

"Nieważne."

"Nadal nie mogę zrozumieć, co Furie chcą z tego wyciągnąć? Jaki jest ich cel? Czy ktoś już to rozgryzł?

"Każdego dnia dodają więcej. Więcej dzieci grających w gry, wciągniętych w ich sieć".

"Ale dlaczego nie ma publicznego oburzenia? Czy nie powinniśmy powiedzieć o tym światowym przywódcom, prezydentom, premierom? Czy nie ma nic, co mogliby zrobić?".

"Zastanów się, co zrobiliby w pierwszej kolejności? Wysłaliby wojsko. Zginęłoby więcej ludzi. Więcej Łapaczy Dusz potrzebnych przed czasem.

"Z tego, co zaobserwowaliśmy, hazard jest zjawiskiem ogólnoświatowym. Złe siostry zabierają dusze niczego niepodejrzewających dzieci".

"Ale większość przywódców ma własne dzieci - powiedział E-Z. "Z pewnością, gdyby wiedzieli, chcieliby chronić swoje dzieci i chcieliby też chronić inne dzieci".

"Raczej Furie skupiłyby się na ich dzieciach. To byłoby jak dyndanie przed nimi kijem" - powiedziała Reiki.

POP.

Hadz wrócił.

"Spodobałoby im się, gdyby mogły zniszczyć wielkie i potężne dzieci. W tej chwili to, co wydają się robić, jest losowe - wybrane w ramach gry" - powiedziała Reiki.

"Powiedz mi więcej, co o nich wiesz." zapytał E-Z.

Hadz wyszeptała: "Nazywają się Allie, Meg i Tisi. Allie mści się za gniew, Meg za zazdrość, a Tisi jest znana jako mścicielka".

"Dobrze, więc dlaczego tak brzydko pachną? I jak można pokonać całą trójkę?" zapytał E-Z, spoglądając na zegarek. Właśnie dochodziła 8 rano. Musiał porozmawiać z resztą gangu, aby odzyskać Rosalie. Jak miał im powiedzieć o tym strasznym trio i wszystkich dzieciach w tych Łowcach Dusz?

"Legenda mówi, że w przeszłości zostali ukarani za wykonywanie swojej pracy. Teraz znaleźli lukę w Wirtualnej Rzeczywistości, nowym ludzkim wynalazku". Hadz zawahał się. "Dlaczego ludzie nigdy nie chcą żyć teraźniejszością? Dlaczego muszą uciekać i grać w głupie gry, które narażają ich życie na niebezpieczeństwo?". Hadz był zaczerwieniony i bardzo zdenerwowany.

Reiki próbował pocieszyć przyjaciela, mówiąc: "Nie wiedzą, co czynią".

"Niewiedza nie jest usprawiedliwieniem - powiedział E-Z. "Musimy wysłać ich z powrotem tam, gdzie byli przed wynalezieniem VR. I musimy zwrócić im dusze dzieci, które porwali pod fałszywym pretekstem. Tylko jak mamy ich przekonać, że robią źle? Że kradną życie i karzą ludzi za myśli, a nie czyny?

"Teraz, gdy miałem wgląd w Furie - wiem, że musimy ci pomóc bardziej niż kiedykolwiek. Ale wciąż muszę przekonać pozostałych. Nawet jeśli się zgodzą, wciąż walczymy z przeciwnościami losu. Chcę być pozytywny. Powiedz, że podołamy zadaniu. Ale nie będziemy wiedzieć na pewno, dopóki nie nadejdzie czas walki".

Uderzył w poduszkę i położył ją sobie na kolanach. "Chwileczkę, czy oni zginęli? To znaczy, czy Furie uciekły przed swoimi własnymi Łowcami Dusz? A jeśli tak, to jak? Kto pomógł im się wydostać?"

Hadz spojrzał na Reiki, a Reiki spojrzała na Hadza.

POP.

POP.

Już ich nie było.

"Świetnie!" powiedział E-Z. "Po prostu fantastycznie!"

ROZDZIAŁ DWUDZIESTY SZÓSTY

RÓWNOWAGA

CHOCIAŻ PRÓBOWAŁ ZASNĄĆ, E-Z nie mógł. Ciągle myślał i zadawał sobie pytania. Pytania, na które nie potrafił odpowiedzieć.

Wstał więc z łóżka, wszedł na komputer i zaczął kopać.

Wkrótce trafił na złoto. Kiedy znalazł link Furie i Trzy Gracje. Wydawały się być jak yin i yang siebie nawzajem. Jeden dobry, drugi zły. Zastanawiał się, czy mogliby wykorzystać tę informację na swoją korzyść. Jeśli złe boginie mogły zostać sprowadzone na ziemię, to czy dobre boginie również mogły zostać przywołane?

Najpierw, zanim zasugerował archaniołom sprowadzenie ich z powrotem - pod warunkiem, że mogliby to zrobić. Chciał dokładnie wiedzieć, co Gracje wniosą do stołu.

Tak, były boginiami. Córkami Zeusa, który był bogiem nieba. Ich moce były ukierunkowane na urok, piękno i kreatywność. Czytał dalej, ale nie widział, w jaki sposób mogłyby pomóc w walce z Furiami.

Mimo to miał trochę czasu, więc kontynuował czytanie. Przeczytał tekst przypisywany Nietzschemu. Jego teorie na temat dobra i zła wciąż były omawiane i dyskutowane na forach.

Wtedy w jego głowie pojawiło się wspomnienie. Coraz rzadziej wracały do niego wspomnienia o rodzicach. Miał nadzieję, że nigdy nie przestaną.

To była rozmowa z jego ojcem. O trzecim prawie Newtona. Wypłynęli łodzią i łowili ryby.

"W ten sposób ryba porusza się w wodzie" - wyjaśnił jego ojciec.

Od tego czasu dowiedział się więcej na ten temat ze szkoły. Pomyślał, że Newton i Nietzsche mogliby prowadzić całkiem interesujące rozmowy. Ale ich życia dzieliły tysiące lat.

Wtedy to do niego dotarło. On, Lia i Alfred byli biegunowym przeciwieństwem Furii.

Czy archaniołowie już o tym wiedzieli? Czy to dlatego wydawali się tak upierać, że tylko on i jego drużyna mogą pokonać Furie?

Pytanie, które wciąż krążyło mu po głowie, brzmiało - czy mogliby wygrać?

Czy w ogóle możliwe było powstrzymanie Furii?

Musiał porozmawiać o tym z innymi.

Wyłączył komputer i wrócił do siebie, aby złapać kilka drzemek, zanim inni się obudzą.

Wszyscy oczekiwali, że będzie znał wszystkie odpowiedzi. Nie miał ich, ale starał się jak mógł. Odkąd został przywódcą, życie tak wyglądało.

ROZDZIAŁ DWUDZIESTY SIÓDMY

CZERWONY POKÓJ

E-Z BYŁ W CZERWONYM pokoju. Pomieszczeniu, w którym śmierdziało krwią. Silny zapach żelaza zranił jego nos i zakrył go dłonią, po czym przeszedł kilka kroków do przodu. Jego kroki zostawiały ślady na zakrwawionej podłodze. Gdzie on był? W piekle? Przynajmniej miał możliwość ucieczki, ale dokąd? Nie było żadnych drzwi. Żadnych okien. Żadnego światła, a mimo to widział, że wszystko było czerwone. I mokre.

Wyjął telefon i kliknął na aplikację latarki. Używając wiązki światła latarki, prześledził ściany wokół siebie. Wszystkie były takie same. Zakrwawione i ociekające. I cuchnące. Czekał. Wzywanie pomocy nie wydawało się mądrym posunięciem. Może byłoby lepiej, gdyby cokolwiek sprowadziło go w to miejsce, nie przyszło się z nim spotkać. Wolałby ich nie spotkać. Światło latarki zgasło, a jego telefon się rozładował. Bojąc się poruszyć, stał nieruchomo i nasłuchiwał.

Coś się czołgało. Ślizgające się po podłodze. Jeden schodził po ścianie w prawo, drugi w lewo. Trzy. Węże.

Potem powietrze w pokoju zmieniło się i pojawił się znajomy zapach. Gnicie. Jajeczny. Siarkowy. Gnijąca padlina.

Zakrył nos. Tak jak poprzednio, nie zamaskowało to odrażającego smrodu.

Czekał.

Więc chcieli go samego. Mieli go. Dopilnowałby, żeby tego pożałowali, gdyby to była ostatnia rzecz, jaką kiedykolwiek zrobił.

"Mogłybyśmy zjeść cię na śniadanie - krzyknęła Tisi.

"Albo obiad - powiedziała Alli. "W końcu jestem trochę głodna.

"Albo podwieczorek, nie ma go zbyt wiele. Nie dla nas trzech - powiedziała Meg.

E-Z skupił każde włókno swojej istoty na skrzydłach. Były jego jedyną nadzieją na ucieczkę i były bezużyteczne.

"Spójrz!" krzyknęła Meg. "On próbuje użyć swoich malutkich skrzydełek.

Tisi i Alli uniosły się w powietrze. Meg dołączyła do nich, unosząc się tuż poza jego zasięgiem.

Pod jego stopami podłoga trzęsła się i dudniła. Jakby miała się otworzyć i go pochłonąć. Cofnął się, by oprzeć się o ścianę. Ale kiedy jej dotknął, poczuł, że jego koszula jest mokra. A kiedy położył na niej dłoń, z powrotem pokryła się krwią.

"Nie boję się was, trzy suki!" krzyknął.

"Może jeszcze się nas nie boisz? wrzasnęła Meg.

"Ale wkrótce się przestraszycie - syknęła Tisi.

"Na razie możesz zająć się tymi trzema - szepnęła Meg, a jej cuchnący oddech niemal przyprawił go o wymioty.

Trzy węże, wykorzystując przewagę wysokości, rzuciły się w jego stronę. Ich rozwidlone języki syczały i pluły. Potem zaczęły owijać się wokół siebie. Łącząc się, oplatając. Aż stały się jednym ogromnym wężem, z trzema głowami i trzema biczami. Pejczami, które trzaskały w kierunku E-Z, przytrzymując go w miejscu.

Odepchnął się jeszcze bardziej. Słysząc za sobą chlupot krwi, w jakiś sposób poczuł ulgę. Jego ciało rozluźniło się, gdy jego plecy opadły w kącie na ociekającą krwią ścianę.

"Spójrz na niego - powiedziała Tisi. "To tylko chłopiec i nikomu nie zrobił krzywdy. W rzeczywistości jest taki dobry, że aż szkoda, że musimy go zniszczyć.

"Tak, jego serce jest czyste - powiedziała Meg. "Ale ma czarną plamę na sercu. Plamę zemsty, której chciałby dokonać na tych, którzy byli odpowiedzialni za śmierć jego rodziców.

"Nie mów o moich rodzicach! krzyknął E-Z, wciskając się jeszcze bardziej w zakrwawioną ścianę. Bał się. Bał się, że to, co mówili, było prawdą. Zamknął oczy.

Gdyby ich nie widział, może by odeszli. Wtedy coś za nim pękło. Zaczął spadać do tyłu. Spadał. Spadając.

THUMP

Wylądcwał na wózku inwalidzkim i odlecieli.

W Czerwonym Pokoju Furie były wściekłe!

"Idźcie za nim!" krzyknęła Tisi.

"Łapcie go!" zawołała Meg.

"Już za późno!" powiedziała Alli. "Zupełnie jakby zniknął!

"Wracajmy do Doliny Śmierci - powiedziała Meg. Wyszli, pozostawiając Czerwony Pokój pusty. Ale ich smród wciąż się utrzymywał.

THUMP.

"Krwawisz - powiedział Sam. "Zabierzmy go do łazienki. Zobaczymy, jak bardzo jest ranny. Sam pchnął wózek w stronę drzwi.

"Nie, zatrzymaj się! powiedział E-Z. "Nic mi nie jest. Krew nie jest moja. Ale muszę się umyć. Zmyć z siebie smród. Potem wyjaśnię, co się stało. Obiecuję.

"Dopóki jesteś pewna, że nic ci nie jest - powiedział Sam.

Po jego wyjściu Sam, Lia i Alfred nie mogli wymyślić nic, co mogliby sobie powiedzieć. Czekali w milczeniu na jego powrót.

W łazience E-Z ustawił swój wózek inwalidzki na rampie. Kiedy przebudowywali dom, wujek Sam wymyślił dla niego nowy prysznic. Dało mu to większą niezależność. I była to świetna zabawa! Przypominał myjnię samochodową.

Sięgnął do góry i przełożył ręce i szyję przez paski. Nacisnął przycisk, aby przesunąć się do przodu, a jego krzesło podążyło za nim. Natychmiast woda zaczęła płynąć. Czyściła jego ciało i ubrania jednocześnie. Co jakiś czas wypływał żel pod prysznic lub szampon, a następnie woda, aby je zmyć.

Teraz, gdy był już czysty, ruszył do przodu i uruchomił mechanizm suszący. Suszarka wysuszyła jego i jego ubrania i sprawiła, że w ciągu kilku minut były wolne od zmarszczek.

Kiedy dotarł do końca, odłączył się od pasów i opadł na krzesło. Przejrzał się w lustrze. Jego włosy wyglądały już tak dobrze, że nie musiał ich nawet czesać. Wrócił do swojego pokoju. Kiedy zobaczył swoich przyjaciół, jego żołądek podskoczył i zwymiotował.

"Przepraszam," powiedział. "Tak mi przykro.

Lia i Alfred objęli go ramionami. Nie przejmowali się wymiocinami. Oddani przyjaciele nie przejmują się takimi rzeczami.

Sam poszedł po miskę i wodę, aby umyć siostrzeńca.

E-Z był wdzięczny za pomoc i dało mu to czas na zastanowienie się, co i jak chce powiedzieć.

"Dzięki, wujku Samie. Uh, co muszę ci powiedzieć. To nie jest piękne.

"Mów dalej - powiedział Alfred.

"Jesteśmy tu dla ciebie - powiedziała Lia.

"Usiądź, wujku Samie.

Wymienili wszystko bez słowa.

"Wchodzę w to - powiedział Alfred.

"Ja też - powiedziała Lia.

"Ja trzy - powiedział Sam.

"Zgoda - powiedział E-Z. Sekundę później był już w drodze powrotnej do białego pokoju. A przynajmniej taką miał nadzieję.

Gdziekolwiek było lepiej niż w czerwonym pokoju. W ogóle gdziekolwiek.

ROZDZIAŁ DWUDZIESTY ÓSMY

BIAŁY POKÓJ

B IAŁY POKÓJ WYDAWAŁ SIĘ inny, gdy jego stopy dotknęły ziemi.

E-Z czuł się taki szczęśliwy, mogąc wrócić do wygodnego białego pokoju. Gdzie mógł chodzić. Dotykać książek. Powąchać książki. Ale coś wydawało się dziwne. Wyłączone.

Ustabilizował się. Zauważył, że trzęsą mu się ręce. Jego kolana drżały. Teraz szczękał zębami.

Objął się ramionami, żałując, że nie wziął ze sobą kurtki. Czekał, spodziewając się, że jakaś nadejdzie. Nie nadeszła.

"Co to za miejsce?" zapytał.

Bez odpowiedzi.

"Cheeseburger z frytkami - powiedział.

Nic.

"Chop suey, z bułką jajeczną", powiedział z większym autorytetem.

"Chcę wiedzieć, gdzie jestem!" zawołał.

Nic.

Nadda.

"Rosalie?" zawołał. "Jesteś tam? Eriel? Raphael? Ktokolwiek? Hadz? Reiki?"

Znowu nic.

Nawet uprzejme PFFT nie sprawiło, że się zrelaksował.

Znajomość książek była jedyną kotwicą trzymającą go w tym miejscu. Podszedł do drabiny, przesunął ją pod Ds. Spodziewając się znaleźć Charlesa Dickensa, zaczął się wspinać. Zamiast tego odkrył, że każda książka, której dotknął, była związana ze światem gier.

Co takiego?

I żadna z książek nie miała skrzydeł. Wszystkie były zupełnie nowe. Jakby nikt ich wcześniej nie otwierał.

Prawie spadł z drabiny, gdy odezwał się głos,

"E-Z Dickens - to nie jest biały pokój, który znasz. To replika. Zostałeś tu wysłany na badania. Każda książka, której potrzebujesz, jest na wyciągnięcie ręki. Każdą książkę musisz przeczytać i przejrzeć w całości".

"Nie mogę szybko przeczytać tych wszystkich książek; zajęłoby mi to lata!"

"Właśnie dlatego otrzymasz dodatkową moc. Moc, która urzeczywistni się tylko w murach tego pokoju. Czytaj teraz. Szybko. Wściekle. Zapamiętaj wszystko."

Kiedy ten głos się skończył, zaczął się kolejny,

"Dziesięć, dziewięć, osiem, siedem, sześć, pięć, cztery, trzy, dwa, jeden. A teraz przeczytaj E-Z Dickensa. Bierz się do roboty".

E-Z szybko przeczytał każdą książkę.

Kiedy skończył jedną, natychmiast wpadała mu w ręce kolejna. Potem kolejna i kolejna.

Przeczytał je wszystkie, aż nie mógł czytać dalej.

Miał nadzieję, że głowa mu nie eksploduje!

Następnie upadł na ścianę, schował się w kącie i zapłakał, gdy w jego głowie pojawił się plan.

Pomysł przyszedł mu do głowy, gdy pomyślał o PJ i Ardenie. Dlaczego Furie wprowadziły ich w stan śpiączki zamiast Łapaczy Dusz? Byli w grze - grali w nią cały czas, dlaczego by ich nie zabić?

Plan wyglądał następująco: Sam i jego zespół wymyślą własną grę wieloosobową. Sam znałby ludzi, którzy mogliby pomóc w branży. Kiedy Furie przylecą po ich dusze - zlikwidują ich.

Żałował, że Arden i PJ nie byli tam, by grać z nim - ponieważ mieliby jego plecy. To było w porządku, miał ich plecy. Zamierzał ich uratować i uwolnić.

Chodził tam i z powrotem, myśląc o tym wszystkim. Jeden aspekt nie zadziałałby. Gdyby zaangażował go w grę i odmówił zabicia - byliby na jego tropie. A to mogłoby narazić innych na niebezpieczeństwo.

Nie mógł przecież powiedzieć wszystkim graczom na świecie, żeby przestali grać. Gdyby powiedział im prawdę o trzech boginiach próbujących ukraść ich dusze, zamknęliby go.

Był to jednak jedyny pomysł. Jedyny jasny sposób na pokonanie Furii w ich własnej grze.

Zrezygnowany, że nie mógł wymyślić nic lepszego, powiedział: "Zabierzcie mnie stamtąd".

I tak po prostu został sam w prawdziwym białym pokoju z Rosalie i Raphaelem. Zastanawiał się, gdzie jest Eriel, nie żeby za nim tęsknił.

"Dobra, mam pomysł. Coś w rodzaju planu - powiedział. "Ale nie jestem pewien, czy zadziała. Potrzebuję odpowiedzi na dwa pytania. I mam prośbę o trzecią - prośba nie podlega negocjacjom.

"Pytaj śmiało - powiedział Raphael.

"Po pierwsze, czy będę w stanie uratować moich najlepszych przyjaciół, PJ i Ardena, jeśli zmierzymy się z Furiami?

Raphael zawahał się, zanim się odezwał. "Jeśli ci się uda, nie ma powodu, dla którego twoi przyjaciele nie mieliby zostać ocaleni.

"Przekroczyć twoje serce?" - powiedział.

Zrobiła to.

"Tak jak podejrzewałem, ich stan zależy od Furii. Czy to prawda?

"Tak, wierzymy, że to prawda. Twoi przyjaciele mają w pewnym sensie szczęście, ponieważ ich dusze pozostały nienaruszone. Nie potrafimy jednak zrozumieć, dlaczego tak się stało, jeśli ich celem były Furie. W każdym innym przypadku, o którym wiemy, zabrały one dusze dzieci. Nie znamy innych, takich jak twoi przyjaciele, którzy pozostali żywi w stanie śpiączki.

"Też mam o tym pojęcie, ale muszę wiedzieć, co się stanie z PJ i Ardenem, jeśli Furie zostaną pokonane? Co stanie się ze wszystkimi dziećmi, których dusze są już w łowcach dusz? One nie miały umrzeć. I co stanie się z bezdomnymi duszami?

"W tej chwili Furie wykorzystują moc internetu. Daje im to dostęp do serc i domów każdej osoby na planecie. To tak, jakbyście wszyscy zostawili otwarte drzwi i okna - więc każdy może wejść. Co prawda Furie są tylko trzy, ale ich moce są ogromne. Są mitycznymi stworzeniami, boginiami, których początki sięgają Zeusa. Słyszałeś o Zeusie, prawda?

"Czytałem, że był bogiem nieba i ojcem Trzech Gracji. Czy byliby w stanie nam pomóc, gdybyś ich sprowadził?

"Zeusa w tym nie ma. Jego córki też nie. My, archaniołowie, nie bawimy się czasem. I zawsze wierzyliśmy, że Łapacze Dusz są święci. Nietykalni. Aż do teraz.

"Świetnie, więc myślisz, że moi przyjaciele byli celem Furii, ale nie jesteś tego pewien. Nie bardziej niż ja, prawda?

"Zgadza się. To dlatego, że nie mogę powiedzieć w stu procentach tak lub nie. Jeśli twoi przyjaciele grali w gry. Mam na myśli zabijanie w ramach gier... Wtedy spełnialiby kryteria Furii.

"Ale gdyby chcieli ich śmierci, to już by nie żyli. Chyba że... nie, to nie miałoby sensu. Oznaczałoby to, że wiedzą o tobie i twoim zespole. Nie ma możliwości, żeby się dowiedzieli. Trzymaliśmy to w tajemnicy. Gdyby wiedzieli, to trzymaliby twoich przyjaciół przy życiu na wypadek, gdyby potrzebowali dźwigni.

"Masz na myśli jako kartę przetargową?

"Możliwe, ale szczerze mówiąc nie wiem. Jak powiedziałem, trzymaliśmy wszystko o tobie i twoim zespole w tajemnicy. My, w tym ja i inni Archaniołowie, zrobilibyśmy wszystko, by cię chronić.

"Furie otrzymały moce na przestrzeni wieków. Ale nigdy nie atakowały niewinnych dzieci. Nigdy nie przekręcały swoich planów, by dostosować je do własnych celów.

"Jakie są ich cele? zapytał E-Z.

"Tego nie wiemy.

Dlatego musimy mieć jak największe szanse, by z nimi wygrać.

"Dokładnie, ale każdego dnia kradną więcej dusz dzieci i przyspieszają ten proces.

"O ile przyspieszają? zapytał E-Z.

"Myślimy, że o tysiące, ale wkrótce będą to miliony. Wkrótce będzie za późno, by ich powstrzymać".

"Dobra, rozumiem, co nam grozi, ale jesteśmy tylko dziećmi i nie chcemy działać na oślep. Jesteśmy śmiertelnikami, tak samo jak oni. Musimy pomyśleć, rozważyć wszystkie opcje, zanim zaryzykujemy nasze życie.

"Rozumiemy i tak jak powiedziałem, będziemy was wspierać.

"Przejdźmy teraz do mojego kolejnego pytania, chcę wiedzieć, co mam zrobić z dziesięcioletnim Charlesem Dickensem?

"Och to," powiedział Raphael. "Po pierwsze, nie mamy nic wspólnego z jego reinkarnacją. Mamy teorię, oprócz tej, którą ci powiedzieliśmy, tj. że go przywołałeś. Zastanawiamy się, czy jego powrót był błędem z ich strony. Być może wszechświat otworzył się i wysłał go, aby ci pomógł, jako równowagę. W końcu jest twoim krewnym. Jest gawędziarzem i mistrzem fabuły. Może mieć narzędzia i wgląd, o których jeszcze nie wiesz, aby pomóc ci pokonać Furie".

E-Z ostrożnie dobierał słowa. "Ale to jeszcze dzieciak. Jeszcze nic nie napisał. Będzie rozpraszał twoją uwagę, pochodzi z innych czasów i może narazić nas i naszą misję na niebezpieczeństwo".

"To zależy - powiedział Raphael. "Może być tajną bronią. Jest tu dla ciebie. Jeśli w niego wierzysz. Że urodził się, by być pisarzem. Wtedy, w wieku dziesięciu lat, będzie już posiadał wszystkie wymagane umiejętności. Wykorzystaj go na swoją korzyść, jeśli tak zdecydujesz".

E-Z zacisnął pięści. "Chcesz powiedzieć, że powinniśmy użyć mojego kuzyna jako przynęty?

Raphael roześmiał się i zatrzepotał, wywołując niepotrzebny powiew wiatru.

"Przydałoby się, gdybyś przestał tak trzepotać - powiedziała Rosalie. "Jestem obłożona swetrami, ale wciąż nie mogę się tu rozgrzać. Przy okazji, chciałabym już iść do domu. E-Z i inni się zgodzili, więc zrobiłam, co do mnie należało. A teraz, na razie, żegnajcie. Pozwól mi iść do domu".

BINGO.

Rosalie zniknęła i wylądowała z powrotem w swoim pokoju. Rozmawiała w myślach z Lią, mówiąc jej, że wróciła cała i zdrowa, a teraz idzie się zdrzemnąć.

E-Z pomyślała o kolejnym wymogu, który nie podlegał negocjacjom.

"Chcę, żeby Hadz i Reiki byli ze mną, w naszej drużynie.

Raphael uśmiechnął się. "Hadz i Reiki są związani z Eriel przez naszego przywódcę Michaela.

"Pozwól mi z nim porozmawiać. Ta dwójka nam pomogła. Przychodzą, kiedy ich wzywam. Jeśli mamy walczyć ze starożytnym złem, potrzebujemy tej dwójki po naszej stronie, by nam pomogli.

"Michael nie może z tobą rozmawiać. Przedstawię jednak twoją prośbę. Jeśli uzna to za konieczne, da mi znać, a ja z kolei dam znać tobie. Czy jest coś jeszcze?

"Tak. Muszę wiedzieć, jak pozbyć się Furii. Czy mamy je zabić? Odesłać je tam, skąd przybyły? Co dokładnie chcesz zrobić z tymi boginiami?

"Zwiążcie je, przytrzymajcie, a my zajmiemy się resztą. Jeśli twój plan zadziała, powinniśmy być w stanie przejąć kontrolę nad Łowcami Dusz. Przywrócimy wszystko do poprzedniego stanu.

"A co z tymi, którzy zginęli przedwcześnie?

"Wszystko zostanie wyrównane... gdy wrogowie zostaną zneutralizowani.

"Zanim odeślesz mnie z powrotem - powiedział E-Z - potrzebuję czegoś, jakiegoś ubezpieczenia, że nie zamierzasz nas ponownie krzyżować. Oddanie nam Hadza i Reiki miało być tym ubezpieczeniem, ale skoro nie możesz mi tego dać, to potrzebuję czegoś innego. Czegoś, co mógłbym zabrać z powrotem do innych i powiedzieć, że to jest dowód na to, że nie zrezygnują z nas tak, jak robili to w przeszłości.

"Na przykład czego?

"Twoje okulary powinny wystarczyć - powiedział.

Raphael upadła na kolana, jej skrzydła przestały trzepotać i cofnęła się. "Nie to, wszystko tylko nie to - zawołała. "Bez moich okularów nie pomogę ani tobie, ani nikomu innemu.

"Archaniołowie trzymali tu Rosalie wbrew jej woli. Wykorzystali ją, by dostać się do mnie. Zmieniłeś zdanie co do złożonych obietnic, odwołałeś moje próby..."

Dotknęła brzegów okularów, po czym je zdjęła. W jej rękach okulary zamieniły się w węża, czerwonego węża, który wpełzł na ramię E-Z i wślizgnął się do góry, do góry, do góry.

"Co do diabła!" zawołał E-Z, gdy wąż kontynuował wędrówkę w górę jego szyi. Ponad krawędzią jego podbródka. Prześlizgnął się po jego zaciśniętych ustach. W górę i nad jego nosem. Następnie przepołowił się i owinął koniec wokół każdego z uszu. Następnie powrócił do pierwotnego stanu pulsujących okularów.

"Moje okulary są teraz twoje, cokolwiek zrobisz - nie pozwól, by Furie ci je odebrały. Jeśli tak się stanie, wszyscy zostaniemy zniszczeni".

"Zaczekaj! - powiedział głos ze ściany. "A co, jeśli wam się nie uda? W końcu jesteście tylko dziećmi.

"Nie mogę obiecać sukcesu - ale damy z siebie wszystko. Ale dobrze byłoby wiedzieć, że jeśli będziemy potrzebować waszej pomocy, użyjecie swoich mocy, aby nam pomóc".

"Zgoda", rozległ się głos.

E-Z wrócił na wózek inwalidzki w swoim pokoju z czerwonymi okularami pulsującymi na twarzy.

"Musisz przestać to robić - powiedział wujek Sam, który ścielił łóżko bratanka. "Zanim zapomnę, Sam i ja odwiedziliśmy dziś PJ i Ardena podczas badań kontrolnych w szpitalu. Wpadliśmy na tatę PJ; przekazał nam aktualne informacje. Dzielą teraz salę szpitalną, ale stan żadnego z nich się nie zmienił.

"Dzięki, miałem zamiar do nich zadzwonić. W porządku, zbierzcie się wszyscy.

ROZDZIAŁ DWUDZIESTY DZIEWIĄTY

CO ROBIĆ?

"Chcesz, żebym został?" Sam przerwał. "Ponieważ moja żona czeka, aż wymasuję jej stopy. Dziecko ma się urodzić lada dzień, więc kazanie jej czekać nie wchodzi w grę.

"Idź i zajmij się nią - powiedział E-Z. "Później opowiem ci o szczegółach.

Lia przytuliła Sama.

"Dzięki - powiedział Sam, zamykając za sobą drzwi.

Rozległ się dzwonek do drzwi wejściowych.

"Mam to!" zawołał Sam, biegnąc w stronę drzwi wejściowych.

"Ma dużo na głowie - powiedział E-Z.

"Będzie łatwiej, gdy pojawi się dziecko - powiedziała Lia.

"Będzie bardziej chaotycznie - powiedział Alfred. "Ale nie martwmy się o to teraz.

"Jakie są najnowsze informacje? zapytała Lia.

"Zacznij od pozytywów, jeśli jakieś są. Mam nadzieję, że jakieś są - powiedział Alfred.

"Dobra wiadomość jest taka, że mam pomysł. Smutna wiadomość jest taka, że nie mam pojęcia, czy zadziała przeciwko naszym wrogom. Są znani jako Furie. Czy ktoś z was o nich słyszał? Znam tę nazwę z mitologii i występują w niektórych grach".

Lia potrząsnęła głową przecząco.

Alfred powiedział: "Słyszałem o nich, ale to było dawno temu. Wydaje mi się, że czytaliśmy o nich w liceum. Pamiętam, że były złe - może było ich trzy? I czy nie są boginiami? Mam w głowie obraz Meduzy. Czy były spokrewnione?"

"Są gorsze. Znacznie gorsze, bo jest ich trzy" - powiedział E-Z. "Kiedy zwymiotowałem, to było zaraz po moim drugim spotkaniu z nimi. Pierwsze spotkanie miało miejsce na wycieczce z Hadziem i Reiki. Nazywali to małym rekonesansem. I nie martw się, byliśmy zamaskowani, ale wiele się nauczyłem. Założyli kwaterę główną w Dolinie Śmierci.

"Tak jak podejrzewaliśmy, ich celem są dzieci. W świecie gier. Lia, pytałaś, jaki jest ich cel... Chodzi o to, by zepchnąć dzieci na margines. Dzieci w naszym wieku, a nawet młodsze.

"Kiedy już je zdobędą, kradną ich dusze. I umieszczają je w Łapaczach Dusz przeznaczonych dla innych ludzi. Więc kiedy umierają, ich dusze nie mają dokąd pójść".

"To takie złe!" powiedziała Lia.

"Więc kiedy prawdziwi właściciele Łapaczy Dusz umierają, co dzieje się z ich duszami? To znaczy, jeśli ich dusze nie mają dokąd pójść - bez domu, bez nieba - to co się z nimi dzieje?" zapytał Alfred.

"Właśnie o to chodzi. Nie mają miejsca wiecznego spoczynku - więc kiedy umierają, po prostu unoszą się w powietrzu. Tak w każdym razie wygląda to w skrócie. Musimy powstrzymać Furie i to jak najszybciej.

"W jaki sposób zabierają dusze dzieci? Nie rozumiem - zapytała Lia.

"Ja też - powiedział Alfred. "Dzieci, zwłaszcza te, które grają w gry, są bardzo obeznane z komputerami. W jaki sposób narażają się na niebezpieczeństwo? W jaki sposób Furie uzyskują do nich dostęp w ich własnych domach, tuż pod nosem ich rodziców?". Zastanowił się przez chwilę: "Czy oni są odpowiedzialni za to, że PJ i Arden są w śpiączce?".

"Dobra, najpierw pytanie Lii. Furie karzą tych, którzy są bezkarni - taki był ich historyczny cel. Ich główną bronią zawsze były wyrzuty sumienia. Sprawiają, że ludzie czują się winni. Żałują, że popełnili zło. A kiedy to robią, przejmują kontrolę. Doprowadzają ich do szaleństwa, sprawiają, że sami się niszczą.

"Mówiłem ci o dzieciaku, który przyszedł do mojego domu i próbował mnie zastrzelić? Powiedział, że ktoś w grze powiedział mu, że zabiją jego rodzinę, jeśli mnie nie zabije. Namówili go, by mnie ścigał z powodu działań, które podejmował w grze. Dopiero podpowiedź od Eriel pozwoliła mi to skojarzyć. Wtedy wydawało mi się to dziwne, ale nie od razu to zauważyłem.

"Tak właśnie to robią. Dzieciak gra w grę i aby awansować w grze, musi kogoś zabić, a nawet popełnić masowe morderstwo lub, cóż, masz pomysł. W prawdziwym świecie te rzeczy są grzechami i są niezgodne z prawem, w grze są częścią rozgrywki. W większości gier jest to jedyny cel".

"Poczekaj chwilę - powiedział Alfred. "Chcesz mi powiedzieć, że karzą dzieci w grze tak, jakby popełniały morderstwo w prawdziwym życiu?".

"Zgadza się - powiedział E-Z. "Dokładnie to robią. Wykorzystują branżę gier do usprawiedliwiania - nie sądzę, że to właściwe słowo. Mam na myśli przyzwolenie na ich działania w odbieraniu dusz dzieciom".

Lia zacisnęła dłonie w pięści. Następnie zakryła nimi uszy, jakby nie chciała więcej słyszeć. "Masz całkowitą rację E-Z. Nie mamy wyboru - musimy położyć kres tym czarownicom. Im szybciej, tym lepiej.

"Wiem - powiedział E-Z - ale to nie będzie łatwe. Są boginiami, znanymi również jako Córy Ciemności i Erinyes. Ich głównym celem jest karanie niegodziwców, a w grze każdy jest niegodziwy. To jedyny sposób, by awansować w grze".

"Powiedziałeś, że masz plan, co to jest?" zapytał Alfred.

"Najpierw odpowiem na twoje pytanie o PJ i Ardena. Mam przeczucie, że odpowiedź brzmi tak. Ale zapytałem Raphael, czy może potwierdzić. Powiedziała, że nie może w stu procentach stwierdzić, czy tak, czy inaczej. Ponieważ Furie nigdy - według ich wiedzy - nie odeszły od kradzieży duszy. Nie mówiąc już o dwóch duszach.

"Muszę ci jeszcze powiedzieć, że w Dolinie Śmierci są tysiące Łapaczy Dusz. Może nawet więcej niż tysiące, a ich liczba rośnie z każdym dniem. Są tak daleko, jak okiem sięgnąć. Zatrzymał się, jakby serce stanęło mu w gardle i otarł łzę.

"Trudno było być tego świadkiem. To, co robią, jest tak przemyślane i celowe. Nie mogę jednak zrozumieć, co z tego mają. To znaczy, Hadz i Reiki mieli rację, zabierając mnie tam, żebym to zobaczył. Gdyby mi powiedzieli, nie pokazując mi... nie uderzyłoby mnie to tak mocno. Aha, i Raphael mówi, że codziennie zwiększają spożycie. Nie mamy więc zbyt wiele czasu, by siedzieć i myśleć. Potrzebujemy planu i musimy zacząć działać.

"Czy oni są śmiertelni? zapytał Alfred.

"Tak, jesteśmy na tym poziomie - powiedział E-Z. "Plan, który wymyśliłem, polegał na stworzeniu własnej gry. Wujek Sam mógłby pomóc. Kiedy będę grał, by popisywać się zabójstwami, Furie przyjdą po mnie. Kiedy to zrobią, złapiemy je w pułapkę i zabijemy w grze.

"Myślałem, że ich moce mogą się zmniejszyć w grze. Ale potem przyszło mi do głowy - a co, jeśli moje też."

"Nie dowiedzielibyśmy się, dopóki nie byłoby za późno - powiedział Alfred.

"To prawda. Im więcej o tym myślałem, tym mniej skuteczny wydawał mi się ten pomysł. Nie wspominając już o tym, że jeśli PJ i Arden utknęliby w zawieszeniu, dopóki nie przejęliby nad nimi kontroli... Cóż, mogliby odebrać im dusze. I stracilibyśmy ich.

"Chcesz powiedzieć, że to może być pułapka? zapytała Lia.

"Dokładnie.

"Dałeś nam wiele do myślenia - powiedział Alfred. "Myślę, że powinniśmy się z tym przespać, przemyśleć to i porozmawiać o tym ponownie jutro.

"Nie jestem pewna, czy będę w stanie zasnąć - powiedziała Lia - ale zgadzam się, zróbmy sobie przerwę. Potrzebuję czasu, by pomyśleć o tym, w jak wielkie niebezpieczeństwo się wpakujemy. Musimy mieć pewność, że będziemy się nawzajem wspierać".

"Jasne - powiedział E-Z. "W międzyczasie zobaczę, czy uda mi się wymyślić plan B.

Lia wyszła z pokoju i zamknęła za sobą drzwi.

"Ciekawe, kto był przy drzwiach wejściowych?" zapytał E-Z.

"Możemy zapytać Sama rano, pewnie wciąż jest zajęty pielęgnacją stóp swojej żony.

Roześmiali się. "Brzmi jak plan," E-Z. "Dobranoc Alfredzie."

"Dobranoc E-Z."

ROZDZIAŁ TRZECI

OOOH, BABY BABY

"**D**ZIECKO NADCHODZI!" SAM KRZYKNĄŁ kilka godzin później.

Idąc korytarzem, trzymał dłoń Samanthy w jednej ręce. Przez ramię miał przewieszoną torbę. Chwycił kluczyki do samochodu.

"Nie prowadzisz, kochanie - powiedziała Samanta, odkładając kluczyki z powrotem na ladę.

E-Z wyszedł na korytarz. "Chcesz, żebyśmy pojechali z tobą?"

"Nic mi nie jest - powiedziała Samanta. "Lia wciąż śpi.

"Obudzę ją i spotkamy się w szpitalu, dobrze?

Lia zerknęła przez ramię: - Zadzwoniłam już po taksówkę. On nie prowadzi.

Sam uśmiechnęła się - Ona jest szefem.

"Do zobaczenia wkrótce - powiedział E-Z. "A tak przy okazji, kto stał wczoraj w drzwiach?

"To była Rosalie. Była wyczerpana, więc położyliśmy ją w pokoju gościnnym.

"Ok, dzięki - powiedział E-Z.

Gdy toczył się korytarzem do pokoju Lii, zastanawiając się, co Rosalie tam robiła, zapukał do drzwi.

"To ja, Lia - powiedział. "Twoja mama i wujek Sam jadą do szpitala. Dziecko się rodzi!"

Najpierw rozległ się trzask, a potem Lia otworzyła drzwi. Lampka na stoliku nocnym leżała na podłodze obok łóżka. "Zaraz będę gotowa - powiedziała. Zamknęła drzwi.

Sam przeszedł do pokoju gościnnego. Zajrzał do środka i Sam miał rację, Rosalie szybko zasnęła. Wrócił do swojego pokoju, ubrał się i starał się nie obudzić Alfreda. Łabędzie nie miały wstępu do szpitala, więc obudzenie go byłoby niemiłe - poczułby się pominięty. Napisał liścik, że Rosalie śpi w pokoju gościnnym i ma się nią zaopiekować, dopóki nie wrócą. Powiedz jej, żeby czuła się jak w domu, napisał. Zostawił liścik tak, by Alfred nie przeoczył go po przebudzeniu.

E-Z zamknął za sobą drzwi i zaryglował je, po czym wraz z Lią wsiedli do czekającej taksówki i ruszyli w stronę szpitala.

Podążali za znakami i wkrótce znaleźli oddział dziecięcy. Sam tam był, chodząc w górę i w dół, jak oczekujący ojcowie w telewizji.

"Jak się trzymasz?" zapytał E-Z.

"Jak się czuje moja mama? zapytała Lia.

"Dziękuję, że przyszliście - powiedział Sam. Ręka mu się trzęsła, gdy próbował napić się wody z butelki. "Samantha ma się naprawdę dobrze. To znaczy, przeszła przez to wcześniej z tobą Lia, więc wie, czego się spodziewać, a ja jestem. Cóż, nie wiem, czy sobie z tym poradzę. Kurs, który odbyliśmy, aby pomóc nam przygotować się na dzisiejszy dzień, był dobry - ale rzeczywistość jest zupełnie inna. Nienawidzę szpitali".

"Wszyscy nienawidzą szpitali" - powiedział E-Z. "Ale kiedy przechodzą przez te wahadłowe drzwi. I mówią, że jesteś potrzebny... Wtedy musisz się pozbierać, wejść tam i pomóc żonie. Pamiętaj, że jesteście zespołem, razem. Dacie radę!" Poklepał wujka po plecach.

"Wiem.

Lia położyła głowę na ramieniu Sama. "Będziesz świetny.

Przyszła pielęgniarka. "Twoja żona cię potrzebuje. To nie potrwa długo. Zabiorę cię, żebyś się wyszorował, a potem możesz być z żoną, kiedy ją zabierzemy.

Sam skinął głową i wyszedł.

Ostatni wyraz jego twarzy przypominał E-Z kogoś stojącego przed plutonem egzekucyjnym.

"Nic mu nie będzie - powiedziała Lia, klepiąc E-Z po ręce.

Kilka godzin później Sam wrócił do nich z szerokim uśmiechem na twarzy. "Mam kolejną córkę - powiedział - i syna!

"Dwoje dzieci?" Lia i E-Z powiedzieli zgodnie.

"Tak, dwoje. Na skanie widzieliśmy tylko jedno.

"Co u mojej mamy?"

"Jest wspaniała! Niesamowita!"

"Możemy ją zobaczyć? A dzieci?"

"Dajcie im kilka minut na przygotowanie rzeczy. Potem możesz poznać swojego brata i siostrę Lię, a E-Z możesz poznać swoich kuzynów".

"Wiesz już, jak je nazwiesz?" zapytał E-Z.

"Tak, ale powiemy ci razem".

"W porządku," powiedział E-Z.

"Dwoje dzieci w tym domu - ze wszystkimi innymi - powiedziała Lia.

"Myślałam o tym samym. Mamy już pełny dom... ale poradzimy sobie. Zawsze sobie radzimy".

Usiedli razem i czekali.

EPILOG

Kilka tygodni później był 17 stycznia. Boże Narodzenie nadeszło i minęło z całą zwykłą pompą i przepychem, tak samo było z dzwonkiem w nowym roku. E-Z był o rok starszy, miał szesnaście lat i cała paczka zebrała się w jego pokoju. Charles Dickens dołączył do nich przez Facetime.

Na korytarzu bliźniacy - Jack i Jill, robili zamieszanie. Sam i Samantha wciąż przyzwyczajali się do rutyny nowo przybyłych. Nikt w domu nie spał zbyt długo, dopóki nie otworzył świątecznych prezentów. E-Z, Lia, a nawet Alfred otrzymali słuchawki blokujące dźwięk.

E-Z myślał o innych sposobach na pokonanie Furii. Oprócz jego pomysłu, aby ścigać ich w grze. Niewiele innych opcji wchodziło w grę.

Gdy pozostali spali, odbył kilka rozmów online z Charlesem. Charles uważał, że pokonanie ich w ich własnej grze byłoby "totalnie beznadziejne". '

E-Z był nieco zaniepokojony, jakich innych zwrotów ci detektywi uczą Charlesa. Wspólnie postanowili poinformować grupę o swoich dyskusjach na temat tego, jak posunąć naprzód pomysł gry.

"To proste", powiedział Charles Dickens. "E-Z i ja rozmawialiśmy przez telefon pewnego dnia i wymyśliliśmy, co może zadziałać. Jeśli mają jakieś informacje o The Three - masz na myśli, że jesteś w całym Internecie - będą o tobie wiedzieć. Ale nie będą wiedzieć o mnie.

"Nie żeby się mnie bali. Chociaż Edward Bulwer-Lytton napisał kiedyś, że "pióro jest potężniejsze od miecza". W tym przypadku mam nadzieję, że to prawda.

"Ćwiczyłem więc z moimi przyjaciółmi detektywami. Doszliśmy do wniosku, że najlepszą grą, w którą można ich wciągnąć, jest istniejąca gra. I myślimy, że znamy idealną grę.

"Nazywa się The PK Crew. Ocena gry to 13+ lub 12+ w niektórych miejscach i jest darmowa. Motywem gry jest zabicie wszystkich, w tym twojej rodziny i przyjaciół. Jesteś nagradzany za każde zabójstwo, ale kiedy zabijasz bliskie ci osoby, dostajesz nawet więcej punktów. Więcej gotówki. Nawet rozgłos w grze. Twoje zdjęcie w telewizji PK TV. Na pierwszej stronie gazety The Peachy Keen Times. Akcja gry toczy się w fikcyjnym mieście Peachy Keen. To idealna pułapka - i jest to gra, którą sami uruchomimy. Będę grał jako dwunastolatek, oni wejdą do gry, a wy już tam będziecie".

"To będzie wystarczająco bezpieczne", powiedział E-Z, "to znaczy, jesteś już martwy - to znaczy w poprzednim życiu - więc nie mogą cię zabić".

Rozległo się pukanie do drzwi: - Są otwarte - powiedział E-Z.

Lia podskoczyła i objęła Rosalie ramionami. "Dobrze widzieć, że się obudziłaś - powiedziała, wtulając się w gruby sweter przyjaciółki.

Rosalie stała się ważną częścią ich zespołu. Mogła jednak zostać z nimi jeszcze tylko przez jeden dzień. Potem musiała wrócić do domu.

Przechodząc przez pokój, by usiąść, poklepała łabędzia Alfreda po głowie. Wszyscy stali się szybkimi przyjaciółmi, odkąd przybyła przed dziećmi.

"Mam wam kilka rzeczy do powiedzenia. Po pierwsze, dziękuję, że tak miło mnie powitaliście. Wspaniale było cię zobaczyć i dziękuję, że sprawiłeś, że poczułam się częścią twojego zespołu.

"Ahhhhh - powiedziała Lia.

"Muszę powiedzieć, że pisałam książkę o innych dzieciach ze specjalnymi mocami, takimi jak twoje. Jest w szufladzie mojego stolika nocnego. Następnym razem, gdy przyjedziesz w odwiedziny, dam ci ją, abyś mógł pójść i poprosić innych o pomoc w pokonaniu Furii.

"Będziemy potrzebować każdej możliwej pomocy - powiedziała Lia.

"Raphael i Eriel uważają, że mogą ci pomóc, dlatego chcieli, abym przekazała im szczegóły. Dlatego to zapisałam, żeby nie zapomnieć o niczym ważnym.

"To dlatego Raphael i Eriel zaciągnęli cię do białego pokoju?" zapytał E-Z.

"Tak i nie. To znaczy tak. Wiedzą o innych dzieciach. Ale nie, nie poprosili mnie wprost o przekazanie informacji na ich temat. Wiem, że te dzieci są dla ciebie ważne i bez nich nie pokonasz Furii.

"Co wiesz o Furiach? zapytał Alfred.

Rosalie zadrżała i skrzyżowała ramiona. "Wiem o nich kilka rzeczy. Na przykład, że są to trzy przerażające siostry, które powróciły na ziemię, by nie czynić dobra.

E-Z powiedział: "Nie żartujesz. Widziałem na własne oczy szkody, jakie wyrządziły do tej pory. Pracujemy nad planem. Ale powiedz nam, gdzie są te inne dzieciaki? Myślisz, że nam pomogą? Jeśli uda nam się znaleźć sposób, by je tu sprowadzić.

"To dobre dzieciaki, ale musicie poprosić ich i ich rodziców o pozwolenie. Jeden jest po drugiej stronie świata w Australii, jeden w Japonii, a drugi w Stanach Zjednoczonych w Phoenix w Arizonie. Być może są jeszcze inni, ale tylko z tymi trzema miałam do tej pory kontakt" - powiedziała Rosalie.

"Z drugiej strony, sprowadzenie nowych dzieciaków skomplikuje sprawę - powiedział E-Z. "Poza tym, jeśli nam się nie powiedzie, nie będzie nikogo, kto mógłby nas zastąpić. Najlepiej będzie, jeśli sami sobie z tym poradzimy, przy jak najmniejszym zaangażowaniu. Jeśli możemy to zrobić, to znaczy pozbyć się Furii - po co angażować w to innych? Nieznajomych? Po co ryzykować życie innych dzieci?

"Nie tak dawno temu wszyscy byliśmy sobie obcy - powiedział Alfred.

"Nadal jestem obcy - nawet jeśli jesteśmy spokrewnieni - wtrącił Charles Dickens. "Ale nie jestem jednym z Trzech. E-Z dowodzi i cieszę się, że mogę robić to, co on uważa za najlepsze. Detektywi mówią, że jestem nowicjuszem. I to prawda.

Rosalie spojrzała na chłopca na ekranie. "Nie zostaliśmy sobie odpowiednio przedstawieni - powiedziała. "Jestem Rosalie i jestem prawie pewna, że jestem bardziej początkująca niż ty.

Charles roześmiał się. "Jestem Charles Dickens.

"Masz jakiś związek z tym Charlesem Dickensem?" zapytała Rosalie.

"Tak, jestem nim - reinkarnowanym.

Rosalie roześmiała się. "Myślałam, że słyszałam już wszystko. Cieszę się, że mogę cię poznać, Charlesie.

Rozległo się głośne pukanie do frontowych drzwi.

Kilka sekund później stopy w butach ruszyły korytarzem wbrew protestom Sama.

"Rosalie - powiedział najpotężniejszy z dwóch mężczyzn przez zamknięte drzwi. "Czas wracać do domu. Potrzebujesz swoich leków, więc wyjdź, albo będziemy musieli po ciebie przyjść.

Rosalie wstała: "Wygląda na to, że powiedziałam ci wszystko, co powinieneś wiedzieć i to w samą porę". Podeszła do drzwi, otworzyła je i wyszła wraz z asystentami.

Po minucie znaleźli się z tyłu karetki, a następnie w białym pokoju. Półki i książki były takie same, ale zapach już nie. Wcześniej nie było żadnego zapachu, ale teraz było źle. Śmierdziało. Paskudny. Jak wybielacz i zgniłe jajka.

Przez ścianę weszły trzy kobiety ubrane od stóp do głów na czarno. Zamiast włosów miały węże. Więcej węży pełzało po ich ramionach. Leciały na nią. Ich nietoperzopodobne skrzydła kontrastowały z czystością i bielą pomieszczenia. Krew tryskała im z oczu, gdy wymachiwały biczami w jej kierunku.

Ich smród był nie do zniesienia.

"Powiedz nam to, co chcemy wiedzieć - skarciły ją zgodnie Furie.

"Nie wiem, o co pytacie - powiedziała Rosalie, trzymając się za nos.

UDERZENIE.

Trzask bicza przeszył skórę na policzku staruszki. Kiedy dotknęła twarzy i spojrzała na rękę, była pokryta krwią.

"Wiesz - powiedziała Allie, podczas gdy ona i jej siostry ponownie machnęły biczami w pobliżu starszej kobiety.

"Nie wiem, co masz na myśli.

Półka z książkami przewróciła się. Gdyby nie szybko poruszająca się drabina, Rosalie zostałaby pod nią zmiażdżona.

CISZA.

Śnię, pomyślała Rosalie. Muszę się obudzić. Muszę się obudzić TERAZ i uciec od tych okropnych śmierdzących stworzeń.

Przewrócił się kolejny regał.

Potem jeszcze jeden. I jeszcze jeden.

Wkrótce drabina również uderzyła o podłogę i odbiła się. Raz, dwa, trzy razy. Potem roztrzaskała się na kawałki.

"O nie!" krzyknęła Rosalie.

"Powiesz nam kochanie - zażądała Tisi, podnosząc starszą kobietę z ziemi, a jej wężowe ramiona owinęły się wokół niej.

Stopy Rosalie zwisały niepewnie. Podczas gdy węże zaciskały swoje uściski wokół jej górnej części ciała.

"Uważaj, siostro, bo dostanie ataku serca - krzyknęła Meg, zbliżając się do Rosalie. "Daj nam to, czego chcemy, kochanie.

"Nic wam nie powiem. Nieważne, co mi zrobicie - powiedziała Rosalie.

Była taka odważna. Wiedziała bowiem, że nie jest sama. Lia tam była, słuchała.

"To kompletna strata czasu - powiedziała Allie, wysyłając bicz w powietrze i uderzając w całą ścianę regałów. Kilka skrzydlatych książek próbowało wydostać się spod półek. Jedna próbowała wzbić się w powietrze za pomocą jedynego skrzydła, które jej pozostało.

Tisi odwróciła się w stronę przeciwległej ściany i podpaliła książki. Upadły jak kostki domina na biedną Rosalie, która została pogrzebana pod płonącymi książkami.

Furie śmiały się głośno i dumnie.

Rosalie przywołała w myślach imię Lii. Gdzie jesteś Lia? zapytała. Gdzie jesteś mała?

Po powrocie do domu E-Z otworzył laptopa. "Mieliśmy okazję się z tym przespać. Czy wszyscy zgadzamy się, że nie mamy innego wyboru, jak tylko walczyć z Furiami?".

Lia i Alfred przytaknęli.

"Musimy sprowadzić tu pozostałe dzieciaki. Jest nas troje i ich troje. Lia, leć do Phoenix - Mała Dorrit może cię zabrać lub możesz polecieć samolotem.

"Wolę Małą Dorrit.

"Okej, pierwsze dziecko jest posortowane. Chociaż nie wiemy, jak się nazywa ani gdzie dokładnie jest w Phoenix w Arizonie. Musisz to wyjaśnić z jej rodzicami. Nie będzie to łatwe, ponieważ będziesz musiał poinformować ich o niebezpieczeństwie, w jakim znajdzie się ich dziecko".

"Tak, będę musiał uzyskać więcej szczegółów od Rosalie.

"Alfredzie, możesz lecieć do Japonii. Sugeruję, abyś poleciał samolotem - będziemy musieli opracować logistykę. Będziesz musiał wrócić z dzieciakiem, zakładając, że jego rodzice wyrażą na to zgodę. Ponownie, potrzebujemy szczegółów od Rosalie, gdzie jest dziecko. Będzie też bariera językowa, chyba że znasz japoński?".

Alfred potrząsnął głową.

"Wezmę tłumacza.

"Dostaniesz telefon i będziesz mógł zainstalować aplikację, która będzie tłumaczyć za ciebie. Będziesz musiał się trochę nauczyć - powiedział E-Z. "Zwłaszcza, że nie masz palców".

"Dla mnie brzmi dobrze - powiedział Alfred. "Będę musiał natychmiast zacząć pracować z telefonem. To nie powinno zająć dużo czasu. W międzyczasie Rosalie może powiedzieć dziecku, że jestem łabędziem - żeby się nie przewróciło i nie zemdlało, gdy mnie zobaczy."

"To dobry pomysł - powiedziała Lia. "Ale jak zamierzasz pisać?

"Mogę użyć dzioba.

"Albo programu aktywowanego głosem - powiedział E-Z.

"Super - powiedzieli zgodnie Lia i Alfred.

"A ja polecę do Australii. Złapię samolot powrotny z dzieckiem, ale będzie szybciej, jeśli polecę tam bezpośrednio. Aha, i jeszcze jedno, musimy wymyślić dla siebie jakąś zapadnię. W jakiś sposób możemy się wydostać - na wypadek, gdyby jedno lub więcej z nas zostało złapanych, zabitych lub zranionych. Musimy być przygotowani na wszystko. Jeśli zginiemy, zanim skończymy to wszystko, nie będzie już nikogo, kto mógłby się pozbierać".

"Archaniołowie - zająknęła się Lia, po czym przestała. Zadrżała, a potem nie mogła złapać oddechu. Objęła się ramionami.

"Wszystko w porządku? zapytał E-Z.

"Cicho - powiedziała. W pokoju ani w jej umyśle nie było żadnych dźwięków, panowała absolutna i całkowita cisza. Jej tętno wróciło do normy, podobnie jak oddech.

"Fałszywy alarm", powiedziała. "Myślałam, że coś jest nie tak, jakbym dostała SOS, ale teraz wszystko wydaje się w porządku".

"Często ci się to zdarza?" zapytał Alfred.

"Nie - odpowiedziała Lia.

"Dobrze, zacznijmy burzę mózgów - powiedział E-Z. I spędzili resztę dnia na tworzeniu listy, skupiając się na tym, co może pójść źle, a co dobrze.

Poszli do swoich pokoi i zasnęli.

To była spokojna noc dla wszystkich oprócz Rosalie.

Rosalie, której głos nie został usłyszany.

Której głosu nie usłyszano.

Żadna pomoc nie nadeszła.

Biały Pokój został zniszczony.

Nikt nie przybył, by uratować Rosalie.

Przed nikczemnymi Furiami.

Podziękowania

Drodzy czytelnicy,

Dziękuję za przeczytanie trzeciej książki z serii E-Z Dickens.... Przepraszam za smutne zakończenie, ale czasami takie rzeczy się zdarzają.

Ostatnia książka będzie gotowa do przeczytania już wkrótce!

Jeszcze raz dziękuję wszystkim osobom, które pomogły mi uczynić tę serię wszystkim, czym może być, takim jak moi beta czytelnicy, korektorzy i redaktorzy. Kudos!

Moim przyjaciołom i rodzinie dziękuję za zachętę i wsparcie.

I jak zawsze, miłej lektury!

Cathy

O autorze

Cathy McGough mieszka i pisze w Ontario w Kanadzie z mężem, synem, kotem i psem.

Również przez:

YA

E-Z DICKENS KSIĘGA CZWARTA: NA LODZIE (Już wkrótce!)